Névoa

MIGUEL DE UNAMUNO

Névoa

Tradução
Fabiano Calixto

Apresentação
Rubia Prates Goldoni

Estação Liberdade

Título original: *Niebla*

Preparação	Luciana Araujo
Revisão da tradução	Francisco Maciel
Revisão	Huendel Viana
Assistência editorial	Fábio Bonillo e Paula Nogueira
Composição	B.D. Miranda
Ilustração e projeto gráfico de capa	Natanael Longo de Oliveira
Editores	Angel Bojadsen e Edilberto F. Verza

O tradutor agradece a Iván Garcia Lopez e Juliana Marks pela valiosa ajuda.

CIP-BRASIL. CATALOGAÇÃO-NA-FONTE
Câmara Brasileira do Livro (CBL), SP

U43n

Unamuno, Miguel de, 1864-1936
Névoa / Miguel de Unamuno ; tradução Fabiano Calixto.–
São Paulo : Estação Liberdade, 2012
256p. : 21 cm.

Tradução de: Niebla
ISBN 978-85-7448-194-4

1. Romance espanhol I. Calixto, Fabiano. II. Título.

12-2478. CDD 863
CDU. 821.134.2-3

Editora Estação Liberdade Ltda.
Rua Dona Elisa, 116 | 01155-030 | São Paulo-SP
Tel.: (11) 3661 2881 | Fax: (11) 3825 4239
www.estacaoliberdade.com.br

SUMÁRIO

APRESENTAÇÃO

Rubia Prates Goldani

O texto mais conhecido de Unamuno nunca foi escrito. Pouco depois do início da Guerra Civil, numa solenidade oficial na universidade em que era reitor, em resposta aos gritos de "Morram os intelectuais" e "Viva a morte" lançados por um general franquista, o escritor teria dito as palavras até hoje evocadas sempre que se fala dele: "Vocês vencerão, porque têm a força bruta. Mas não convencerão. Porque para convencer é preciso persuadir. E para persuadir é preciso algo que vocês não têm: razão e direito na luta." O discurso de Salamanca valeu a dom Miguel a perda do cargo, a prisão domiciliar até o fim de seus dias e o estigma de traidor da pátria, presente no documento que cassou seu mandato de vereador e que uma moção dos socialistas, setenta anos depois, não conseguiu anular, por oposição frontal da direita.[1]

Embora sua participação na arena política espanhola tenha sido expressiva, foi na trincheira das letras que esse basco sempre comprometido com as questões de seu tempo e lugar travou seu maior combate pela liberdade de criação e de pensamento. Sua vasta e relevante produção faz dele um dos maiores expoentes da chamada "geração de 98", a que também pertenceram Azorín,

1. Unamuno foi restituído a seu cargo postumamente em outubro de 2011.

Pío Baroja, Maeztu, Valle-Inclán e Antonio Machado. Foi ensaísta, poeta, crítico literário, dramaturgo, teórico do teatro moderno, contista, jornalista, mas, sobretudo, um pensador que encontrou na narrativa o campo mais fértil para expressar suas sutis preocupações vitais. *Névoa* é seu romance mais importante, a obra que o imortalizou, e a primeira pergunta que nos fazemos diante desta nova edição brasileira é por que esse livro inquietante continua a despertar tanto interesse.

A crítica especializada contemporânea tem muitas respostas para essa indagação. Afinal, apesar de o próprio Unamuno afirmar que a ideia de chamar *Névoa* de "*nivola*" ao invés de *novela (romance)* teria sido apenas "outra ingênua artimanha para intrigar os críticos", é difícil levá-lo a sério, pois a estrutura da obra revela que estamos a anos-luz do cânone realista e que a *nivola*, de fato, aponta para a invenção de um novo gênero.

A presença do autor como personagem e de uma teoria do romance, o questionamento da relação entre realidade e ficção e o interesse pelo leitor são alguns elementos de *Névoa*, escrito em 1907, que vão se repetir, embora quase sempre com sinal trocado, no metarromance do final do século XX, fazendo deste livro uma pequena obra-prima da ficção experimental e de seu autor um precursor da narrativa pós-moderna.

Como reagiria dom Miguel a tantos e tão altos elogios? Provavelmente se surpreenderia, uma vez que a crítica espanhola de seu tempo foi impiedosa com sua produção ficcional. A tal ponto que a má acolhida de seu romance anterior, *Amor y pedagogía*, levou-o a retardar por sete anos a publicação de *Névoa*.

Não são poucas as farpas do escritor basco contra os críticos, cuja "preguiça mental, o só saber julgar conforme o que já existe" tornava-os incapazes de compreender e valorizar sua literatura. E um balanço, ainda que breve, da recepção de sua obra explica e justifica essa mágoa, já que as razões apontadas para desqualificá-la se resumem, na maioria dos casos, a afirmar que sua ficção seria mero suporte para suas ideias filosóficas.

Foi assim com seu teatro. Muito tempo teria que passar até que reconhecessem Unamuno como um importante reformador da cena espanhola. E também com seus romances, *Névoa* incluído.

Mas e os leitores? Como receberam o livro? Muito bem, como nos informa o próprio autor, no prólogo à edição de 1935. Tanto na Espanha — onde o romance chegava a sua terceira edição —, como no resto da Europa, em que já fora traduzido para dez idiomas. Nesse mesmo texto, Unamuno arrisca uma explicação para o sucesso da obra, atribuindo-o à fantasia e à tragicomédia que a perpassam, mas também à identificação do leitor, homem comum, com os personagens e suas preocupações.

Para compreender melhor que preocupações eram essas, é preciso lembrar que o romance foi publicado em 1914, ano em que, depois de um período de enganosa estabilidade, o mundo parecia ruir com a eclosão da Primeira Guerra Mundial. A Espanha, embora sem participar do conflito, ainda amargava as funestas consequências da derrota na maior das aventuras militaristas da Restauração: a Guerra de Cuba, que, em 1898, liquidara de vez o que restava do império, mergulhando o país numa profunda crise social e moral.

Nesse clima geral de enorme perplexidade, um romance que se apresentasse como espaço de indagação e busca do sentido profundo da vida e tivesse como uma de suas questões centrais o despertar da personalidade já teria grande chance de encontrar seu leitor. A história de Augusto Pérez à procura de uma existência autêntica, pela via do autoconhecimento, deveria calar fundo nas consciências à deriva, no cenário de dúvida e incerteza em que surgia. Porém, para que esse encontro se desse do modo como o escritor desejava, a ficcionalização desses temas exigia uma revolução formal que o autor não hesitou em fazer.

Como o próprio Unamuno afirmou várias vezes, o que o levou a passar do ensaio ao romance, além de sua desconfiança na razão, foi a abertura que este proporcionava e a crença na imaginação como via eficaz de acesso ao real. Sua primeira incursão ao gênero se deu, em 1896, com *Paz en la guerra*, livro em que aos acontecimentos da última guerra carlista se entremeia o transcorrer anônimo da vida coletiva e que, pelas próprias características do material romanesco, se acomodou com relativa facilidade às pautas narrativas do século XIX. A segunda experiência, *Amor y pedagogía*, de 1902, já aponta para transgressões a esse modelo, tanto que, ainda que *a posteriori*, também será batizado de *nivola*.

É em *Névoa*, no entanto, que o molde realista se mostrará um empecilho para dar forma narrativa às preocupações que estavam na base do existencialismo unamuniano — sua obsessão com a morte, a questão da individualidade, da dúvida sobre a realidade e a substancialidade da vida —, por ser incompatível com seu modo de encarar a intersubjetividade. Por isso, dom Miguel precisou romper com o modelo clássico, verdadeira camisa de força para a realização de seu projeto literário.

Começou por transformar um personagem, Víctor Goti, no rebelde autor do prólogo de *Névoa*, que questiona algumas afirmações do próprio escritor, desautorizando, já de saída, sua versão sobre o verdadeiro destino do protagonista. Ocorre que Goti também é apresentado como o romancista amigo de Augusto que explica a este as regras da *nivola*, novo modo de narrar, cuja criação atribui a si mesmo. Até aí estamos diante do uso exímio da técnica da duplicação interior. Mas quando Augusto, nesse mesmo diálogo, se dá conta de que a *nivola* que Goti está escrevendo é exatamente a mesma que ele está vivendo, um abismo se abre a seus pés; e aos pés do leitor, pois a dúvida que acomete o protagonista sobre a consistência da realidade e da ficção e os limites de cada um desses planos também o contagia. E, no capítulo XXXI, em que Augusto decide resolver seu dilema existencial diretamente com o próprio escritor, Unamuno completa seu devastador ataque às convenções realistas: revelando-se um novo narrador, Augusto recusa a autoridade do autor, transforma-se em personagem de seu próprio romance — rompendo o que restava do pacto com o leitor e deitando por terra a regra de que não pode ser um dos personagens — e não se equipara ao narrador.

Esse bem encadeado jogo de espelhos, que tem como resultado o entrecruzamento constante e desestabilizador do real e da ficção e a completa subversão do papel tradicional do narrador e do leitor, cria um estranhamento cujo propósito é arrancar o leitor de seu modo habitual de encarar a vida, fazendo com que encare como problema a própria realidade de sua existência.

Como se vê, Unamuno foi longe na pesquisa formal em *Névoa*. E, a crer no que diz no prólogo de 1935, pensava em ir além:

> Ocorreu-me um momento fazer meu Augusto escrever uma autobiografia em que me retificasse e contasse como ele sonhou a si mesmo. E dar assim a este relato duas conclusões diferentes — talvez em duas colunas — para que o leitor escolhesse.

Tivesse arriscado um pouco mais, e teria se aproximado, com algumas décadas de antecedência, da invenção cortazariana, em *O jogo da amarelinha*, de mais de um itinerário de leitura para o romance.

> Mas o leitor não aguenta isso, não tolera que o tire do seu sonho e que o submerja no sonho do sonho, na terrível consciência da

consciência, que é o angustiante problema. Não quer que lhe arranquem a ilusão da realidade.

Apesar de atravessada pelo tropo da ironia unamuniano por excelência — uma vez que quase tudo na narrativa se arma justamente para destruir a "ilusão realista" e levar à "terrível consciência da consciência" —, essa justificativa para a não utilização do procedimento imaginado, no entanto, não deixa de revelar a consciência que o escritor tinha dos limites da experimentação. E, de certa forma, explica a presença, na complexa estrutura do romance, da bem urdida — e, por momentos, folhetinesca — trama, que envolve o protagonista e Eugenia, a personagem por quem julga estar apaixonado, como se estivesse ali para dar algum chão ao abismado leitor.

O leitor, aliás, ocupa um lugar central na poética de Unamuno. Com ele o autor de *Névoa* pretendia compartilhar as preocupações filosóficas que o angustiavam: os dilemas sobre os mistérios da existência, sobre como viver a própria vida na lucidez aguda da finitude, sobre o humano desejo de imortalidade e a consciência do absurdo de tal desejo. Sua intenção confessa era desconcertá-lo, instalando-o num mundo povoado de paradoxos, de perguntas sem respostas, para incitá-lo a pensar e a se conhecer, pois o escritor vê o romance como um mundo possível que pode iluminar, explicar nosso próprio mundo. Para dom Miguel as obras não são feitas apenas pelo autor, mas também pelo leitor, cuja relação com o texto se caracteriza por uma colaboração essencial, por um intenso diálogo que o instiga a assumir um papel ativo na construção da ficção, preenchendo seus vazios e indeterminações com sua imaginação e experiência. A certa altura do livro, chega-se à conclusão de que todos são entes de ficção, os humanos, num plano ontológico, e os ficcionais, no plano literário. Somente os literários, porém, são imortais, porque perduram na mente dos leitores e revivem cada vez que alguém lê sua história. A literatura surge, assim, como lugar do sonho coletivo da única permanência possível, uma espécie de consolo para a morte, e o leitor como parceiro indispensável na (re)criação do texto unamuniano.

As constantes reedições e retraduções de *Névoa* nos mais diferentes quadrantes são uma prova de que o livro — com sua arquitetura complexa, as graves questões de que o autor se ocupa, não sem humor e ironia, a mestria dos diálogos que o conformam e a penetração profunda na alma dos personagens — chega ao nosso tempo com o frescor de um clássico do modernismo europeu.

Uma *nivola* que pergunta pelo verdadeiro sentido da vida e busca a adesão do leitor para uma demanda ética de fundamento para a existência humana continue falando ao público, num mundo em que os valores humanistas parecem cada vez mais acuados, só pode ser motivo de alegria para os que amam a literatura, tornando esta nova edição da obra mais do que oportuna e bem-vinda. Sua simples presença entre nós põe em xeque o romance que comumente lemos, no mais das vezes, tão inimigo da experimentação e da autorreferência.

Só resta esperar que a singular experiência de leitura a que *Névoa* abre as portas reafirme, mais uma vez, o profético juízo de quem duvidou de tudo, mas nunca deixou de ter uma fé inabalável no imenso poder da escritura: "Quando se faz algo, o que fica não é aquilo que se fez, mas aquela que faz, a palavra. Porque no princípio era a palavra e assim será no fim. Um nome! É tudo o que é preciso deixar; um nome que viva eternamente. O resto, são ossos."

Bibliografia

HERRERO SENES, Juan. "Introducción". In: *Niebla*. Miami: Stockcero, 2010, pp. 7-19.

IMIZCOZ BEUNZA, Teresa. "De la 'nivola' de Unamuno a la metanovela del último cuarto del siglo XX". In: *Rilce*. Revista de Filología Hispánica, 15.1 jan.-jun. 1999, pp. 319-333.

VALDÉS, Mario J. "El diálogo como modelo ontológico". In: *Niebla*. Madri: Cátedra, 2008, pp. 11-46.

VAUTHIER, Bénedicte. "El arte de escribir de Miguel de Unamuno. Paralipómenos estilísticos. Unamuno y sus maestros", pp. 205-241.

________. *Arte de escribir e ironía en la obra narrativa de Miguel de Unamuno*. Salamanca: Ediciones Universidad, 2004.

ZAVALA, Iris M. "Unamuno: *Niebla*, el sueño y la crisis del sujeto". In: LOUREIRO, Angel G. (coord.). *Estelas, laberintos, nuevas sendas: Unamuno, Valle-Inclán, García Lorca. La guerra civil*. Barcelona: Anthropos, 1988, pp. 35-50.

ZUBIZARRETA, Armando F. "*Niebla*: la meta-novela". In: *Niebla*. Madri: Castalia, 1995, pp. 7-65.

PRÓLOGO

Dom Miguel de Unamuno insiste que eu escreva um prólogo a este seu livro que relata a tão lamentável história de meu bom amigo Augusto Pérez e sua misteriosa morte, e eu não posso senão escrevê-lo, porque os desejos do senhor Unamuno são para mim ordens, na mais genuína acepção deste vocábulo. Sem ter chegado ao extremo ceticismo hamletiano de meu pobre amigo Pérez, que chegou até a duvidar de sua própria existência, estou pelo menos firmemente persuadido de que careço disso que os psicólogos chamam de livre-arbítrio, ainda que eu creie, para meu consolo, que tampouco goze dele dom Miguel.

Parecerá talvez estranho a alguns de nossos leitores que seja eu, um perfeito desconhecido na república das letras espanholas, quem prologue um livro de dom Miguel, que é já vantajosamente conhecido nela, quando o costume é que sejam os escritores mais conhecidos que façam nos prólogos a apresentação daqueles outros que o sejam menos. Mas é que nos pusemos de acordo dom Miguel e eu para alterar esse pernicioso costume, invertendo os termos, e que seja o desconhecido que apresente o conhecido. Porque a rigor os livros são mais vendidos pelo corpo do texto do que pelo prólogo; e é natural, portanto, que quando um jovem principiante como eu deseja se dar a conhecer, em vez de pedir a um veterano das letras que lhe escreva um prólogo de apresentação, lhe implore que permita prologar uma de suas obras. E isto é resolver por sua vez um dos problemas desse eterno litígio entre os jovens e os velhos.

Além disso, não poucos laços me unem a dom Miguel de Unamuno. Sem falar que este senhor traz à luz neste livro, seja novela ou *nivola* — e conste que isto da *nivola* é invenção minha —, não poucos comentários e conversações que tive com o malogrado Augusto Pérez, e que narra também nela a história do nascimento do meu filho tardio, Victorzinho, parece que tenho algum distante parentesco com dom Miguel, já que meu sobrenome é o de um de seus antepassados, segundo as doutíssimas investigações genealógicas de meu amigo Antolín S. Paparrigópulos[1], tão conhecido no mundo da erudição.

Eu não posso prever nem a acolhida que esta *nivola* obterá da parte do público que lê dom Miguel, nem como receberão este prólogo. Faz algum tempo que venho seguindo com alguma atenção a luta que dom Miguel começou com a ingenuidade pública e estou verdadeiramente assombrado de ver como esta é profunda e cândida. Por causa de seus artigos no *Mundo Gráfico* e alguma outra publicação análoga, dom Miguel recebeu algumas cartas e recortes de jornais de províncias que põem em destaque os tesouros de candidez ingênua e da simplicidade infecciosa que ainda se conservam em nosso povo. Uma ora comentam aquela sua frase de que o sr. Cervantes (dom Miguel)[2] não era nenhum gênio, e parece que se escandalizam com a irreverência; outra se enternecem

1. Personagem cujo nome muito provavelmente foi inspirado no historiador grego Konstantinos Paparrigoulos (1815-1891). Aqui Unamuno caricatura o famoso crítico e erudito espanhol Marcelino Menendéz Pelayo (1858-1912), a quem publicamente desprezava. [N.E.]

2. Para Unamuno, Cervantes foi um "gênio temporário" "Depois do *Quixote* e antes do *Quixote*, nada de genial". Unamuno aborda a obra de Cervantes em *Vida de Dom Quixote e Sancho* (1905), cujos ecos ressoam em *Névoa*. [N.E.]

com essas melancólicas reflexões sobre o cair das folhas; já se entusiasmam por seu grito "guerra à guerra!" que lhe arrancou a dor de ver que os homens morrem ainda que não os matem; já reproduzem aquele punhado de verdades não paradoxais que publicou depois de tê-las recolhido por todos os cafés, círculos e hospedarias, onde andavam podres de tão manuseadas e fedendo à vulgaridade ambiente, pelo que as reconheceram como suas os que as reproduziram, e até houve pombinha sem fel que se indignou de que este logômaco do dom Miguel escreva algumas vezes Kultura com K maiúsculo, e depois de se atribuir habilidade para inventar amenidades reconheça ser incapaz de produzir *colmos*[3] e jogos de palavras, pois é sabido que para esse público ingênuo o engenho e a amenidade se reduzem a isto: caça-palavras e jogos de palavras.

E menos mal que esse ingênuo público não parece ter se dado conta de alguma outra das diabruras de dom Miguel, a quem amiúde lhe passa de se passar por sagaz, como aquilo de escrever um artigo e logo sublinhar ao acaso umas palavras quaisquer dele, invertendo as páginas para não poder se fixar em quais o fazia. Quando me contou, lhe perguntei por que havia feito isso, e ele me disse: "Que sei eu... por bom humor! Para fazer uma pirueta! Ah, além disso, porque me enchem a paciência e me põem de mau humor sublinhados e as palavras em itálico! Isso é insultar o leitor, é chamá-lo de estúpido, é lhe dizer: olha, homem, presta atenção, que aqui tem intenção! E por isso recomendava eu a um senhor que escrevesse seus artigos todo em itálico para que o público se desse conta de que eram intencionadíssimos desde a primeira palavra até a última! Isso não é mais que a pantomima dos escritos; querer substituir neles com o gesto o que não se expressa com

3. Jogo de palavras para crianças. [N.E.]

o tom e a entonação. E passe os olhos, amigo Víctor, nos jornais da extrema direita, nisso que chamamos integrismo, e você verá como abusam do itálico, do versalete, das maiúsculas, das exclamações e de todos os recursos tipográficos. Pantomima! Pantomima! Pantomima! Tal é a simplicidade dos seus meios de expressão, ou, melhor, tal é a consciência que tem da ingênua simplicidade de seus leitores. E deve-se acabar com esta ingenuidade."

Outras vezes ouvi dom Miguel sustentar que isso que se chama por aí de humorismo, o legítimo, não chegou a pegar na Espanha, nem é fácil que nela pegue em muito tempo. Os que aqui se chamam de humoristas, diz, são satíricos umas vezes e outras irônicos, quando não puramente chistosos. Chamar Taboada, por exemplo, de humorista é abusar do termo. E não há nada menos humorístico que a sátira áspera, mas clara e transparente, de Quevedo, na qual se vê o sermão logo depois. Como humorista não tivemos mais que Cervantes, e se este levantasse a cabeça, como haveria de rir — me dizia dom Miguel — dos que se indignaram de que eu reconhecesse nele alguma autoridade, e, sobretudo, como riria dos ingênuos que levaram a sério algumas de suas mais sutis chacotas! Porque é indubitável que entrava na burla — burla muito a sério — que dos livros de cavalaria fazia o arremedar do estilo destes, e aquilo de "nem bem o rubicundo Febo, etc." que como modelo de estilo apresentam alguns cervantistas não passa de uma engraçada caricatura do barroquismo literário. E não digamos nada daquilo de tomar por um modismo o "a da alba seria", com que começa um capítulo, quando o anterior acaba com a palavra "hora".

Nosso público, como todo público pouco culto, é naturalmente desconfiado, do mesmo modo que é nosso povo. Aqui ninguém quer ser tapeado, feito de bobo ou tomado por idiota, e assim, enquanto alguém lhe fala, quer saber desde logo do que se trata, se é piada ou coisa séria. Duvido que em algum outro povo incomode tanto que se misturem as burlas com as veras, e quanto a isso de que não se saiba bem se uma coisa é séria ou não, quem de nós suporta? E é muito mais difícil que um desconfiado espanhol mediano se dê conta de que uma coisa está dita à brinca ou à vera de uma só vez, de veras e de burlas, e no mesmo contexto.

Dom Miguel tem a preocupação do bufo trágico e me disse mais de uma vez que não queria morrer sem ter escrito uma bufonada trágica ou uma tragédia bufa, porém em que o bufo ou grotesco e o trágico estivessem mesclados ou justapostos, senão fundidos e confundidos em um. E como eu lhe fizesse observar que isso não é senão o mais desenfreado romantismo, me contestou: "Não o nego, mas rotular as coisas não resolve nada. Apesar dos meus mais de vinte anos de professar o ensino dos clássicos, o classicismo que se opõe ao romantismo não me influenciou. Dizem que o helênico é distinguir, definir, separar; pois o meu é indefinir, confundir."

O fundo disso não é mais que uma concepção, ou melhor ainda que concepção, um sentimento da vida que não me atrevo a chamar de pessimista porque sei que esta palavra não agrada a dom Miguel. É sua ideia fixa, monomaníaca, de que se sua alma não é imortal e não o são as almas dos outros homens e ainda de todas as coisas, e imortais no mesmo sentido em que acreditavam os ingênuos católicos da Idade Média, então, se não é assim, nada vale nada nem há esforço que valha a pena. E daí a doutrina do tédio de Leopardi depois que percebeu seu engano extremo,

ch'io eterno mi credei[4]

4. Do poema "A se stesso" (A si mesmo), Canto XVIII: "*Perì l'inganno estremo,/ Ch'eterno io me credei*" (Pereceu o engano extremo,/ Que eterno eu me cri). [N.T.]

de se crer terno. E isso explica que três dos autores favoritíssimos de dom Miguel sejam Sénancour, Quental e Leopardi.

Porém, este austero e áspero humorismo confusionista, além de ferir o caráter desconfiado de nossas gentes, que querem saber desde que alguém se dirige a elas o que é que há, incomoda a não poucos. Querem rir, mas será para fazer melhor a digestão e para se distrair das aflições, não para devolver o que indevidamente tivessem engolido, e que pode causar indigestão, nem muito menos para digerir as aflições. E dom Miguel se empenha para que, quando necessário fazer rir as pessoas, seja não para que com as contrações do diafragma ajudem a digestão, senão para que vomitem o que tinham engolido, pois se vê mais claro o sentido da vida e do universo com o estômago vazio de guloseimas e excessivos manjares. E não admite isso da ironia sem fel nem do humorismo discreto, pois diz que onde não há algum fel não há ironia e que a discrição está de relações cortadas com o humorismo, ou, como ele se compraz em lhe chamar, mal-humorismo.

Isso tudo o leva a uma tarefa muito desagradável e pouco reconhecida, da qual diz que não é senão uma massagem da ingenuidade pública, para ver se o engenho coletivo do nosso povo vai se agilizando e sutilizando pouco a pouco. Porque ele perde a paciência caso lhe digam que nosso povo, sobretudo o meridional, é engenhoso. "Povo que se diverte nas corridas de touros e acha variedade e graça nesse espetáculo simploríssimo está julgado enquanto mentalidade", diz. E acrescenta que não pode haver mentalidade mais simples e mais córnea que a de um aficionado, um fã de corrida de touros. Vai você com paradoxos mais ou menos humorísticos falar com aquele que acaba de se entusiasmar com uma estocada de Vicente Pastor! E abomina o gênero festivo dos escritores de revistas de touros, sacerdotes dos jogos de palavras e de toda a bazófia do engenho requentado.

Se a isso se acrescente os jogos de conceitos metafísicos que lhe dão prazer, se compreenderá que haja muitas pessoas que se afastem com desgosto de sua leitura, uns porque tais coisas lhes causam dor de cabeça, e outros porque atentos a que *sancta sancte tractanda sunt*, o santo santamente deve ser tratado, opinam que esses conceitos não devem servir de material para burlas e joguetes. Mas ele diz sobre isso que não sabe por que hão de pretender que se leve a sério certas coisas os filhos espirituais daqueles que zombaram das mais santas, isto é, das mais consoladoras crenças e esperanças de seus irmãos. Se houve quem zombou de Deus, por que não iremos zombar da Razão, da Ciência e até da Verdade? E se nos arrebataram nossa mais cara e mais íntima esperança vital, por que não vamos confundir tudo para matar o tempo e a eternidade e nos vingar?

Também é fácil que saia alguém dizendo que há neste livro passagens escabrosas ou, se quiser, pornográficas; mas dom Miguel já teve a precaução de me fazer dizer algo a respeito no decorrer desta *nivola*. E está disposto a protestar contra essa imputação e a sustentar que as cruezas que aqui podem se achar não têm intenção de adular apetites da carne pecadora, nem têm outro objetivo que ser ponto de arranque imaginativo para outras considerações.

Sua repulsa a toda forma de pornografia é bem conhecida por quantos o conhecem. E não só pelas correntes razões morais, senão porque estima que a preocupação libidinosa é o que mais estraga a inteligência. Os escritores pornográficos, ou simplesmente eróticos, lhe parecem os menos inteligentes, os mais pobres de engenho, os mais tontos, enfim. Ouviu-se dizer que dos três vícios da clássica trindade deles: as mulheres, o jogo e o vinho, os dois primeiros estropiam mais a mente que o terceiro. E conste que dom Miguel não bebe mais que água. "Com um bêbado se pode falar", me dizia uma vez, "e até diz coisas; mas quem aguenta a conversação de um jogador ou de um mulherengo? Não há por baixo dela senão a de um aficionado de touradas, cúmulo e topete da estupidez."

Não me estranha, por outro lado, esse consórcio do erótico com o metafísico, pois creio saber que nossos povos começaram sendo, como suas literaturas nos mostram, guerreiros e religiosos, para passar mais tarde a eróticos e metafísicos. O culto à mulher coincidiu com o culto às sutilezas conceptistas. No albor espiritual de nossos povos, de fato, isto é, na Idade Média, a sociedade bárbara sentia a exaltação religiosa e também mística e a guerreira — a espada tem a cruz no punho —; mas a mulher ocupava bem pouco e bem secundário lugar em sua imaginação, e as ideias estritamente filosóficas dormitavam, envoltas em teologia, nos claustros conventuais. O erótico e o metafísico se desenvolvem juntos. A religião é guerreira; a metafísica é erótica ou voluptuosa.

É a religiosidade que faz o homem ser belicoso ou combativo, ou bem é a combatividade que o faz religioso, e por outro lado é o instinto metafísico, a curiosidade de saber o que não nos importa, o pecado original, enfim, que faz sensual o homem, ou bem é a sensualidade que, como Eva, lhe desperta o instinto metafísico, a ânsia de conhecer a ciência do bem e do mal. E logo há a mística, uma metafísica da religião que nasce da sensualidade da combatividade.

Bem sabia isso aquela cortesã ateniense, Teódota, de quem Xenofonte nos conta em seus *Memoráveis* a conversa que teve com Sócrates, na qual propunha ao filósofo, encantada com seu modo de investigar, ou mais, dar à luz a verdade, que se convertesse em seu celestino, isto é, alcoviteiro dela, e a ajudasse a caçar amigos (*Synthérates*: cocaçador, diz o texto, segundo dom Miguel, professor de grego, que é a quem devo esta curiosíssima e tão reveladora notícia). E em toda aquela interessantíssima conversa entre Teódota, a cortesã, e Sócrates, o filósofo parteiro, se vê bem claro o íntimo parentesco que há entre ambos os ofícios, e como a filosofia é em grande parte lenocínio e lenocínio é também filosofia.[5]

E se tudo isso não é assim como digo, não se me negará ao menos que é engenhoso. E isso basta.

Não vou ocultar, por outra parte, que não concordará com esta minha distinção entre religião e belicosidade de um lado, e filosofia e erótica de outro, meu querido mestre dom Fulgencio Entrambosmares del Aquilón, de quem dom Miguel deu tão circunstanciada notícia em sua novela ou *nivola Amor e pedagogia*. Presumo que o ilustre autor da *Ars magna combinatoria* estabelecerá: uma religião guerreira e uma religião erótica, uma metafísica guerreira e outra erótica, um erotismo religioso e um erotismo metafísico, um belicosismo metafísico e outro religioso, e, por outra parte, uma religião metafísica e uma metafísica religiosa, um erotismo guerreiro e um belicosismo erótico; tudo isso à parte da religião religiosa, da metafísica metafísica, do erotismo erótico e do belicosismo belicoso. O que dá dezesseis combinações binárias. E não digo nada das ternárias do gênero, verbigracia: de uma religião metafísico-erótica ou de uma metafísica guerreiro-religiosa! Mas eu não tenho nem o inesgotável engenho combinatório de dom Fulgencio, muito menos o ímpeto confusionista e indefinicionista de dom Miguel.

Muito me ocorre pertinente ao inesperado final deste relato e à versão que nele dá dom Miguel da morte de meu desgraçado amigo Augusto, versão que considero errônea; mas isso não é

5. *La Celestina* é o nome pelo qual se conhece desde o século XVI a obra atribuída quase em sua totalidade ao bacharel Fernando de Rojas. Celestina é o arquétipo da alcoviteira. Daí nasce o celestino de Unamuno. [N.E.]

coisa para que eu me ponha agora a discutir aqui neste prólogo com meu prologado. Mas devo fazer constar para desencargo de minha consciência que estou profundamente convencido de que Augusto Pérez, cumprindo o propósito de se suicidar, que me comunicou na última entrevista que tive com ele, se suicidou realmente e de fato, e não só idealmente e de desejo. Creio ter provas das quais faço fé em juízo em apoio de minha opinião; tantas e tais provas que deixam de ser opinião para chegar a conhecimento.

E com isto acabo.

Víctor Goti

PÓS-PRÓLOGO

De boa gana discutiria aqui algumas das afirmações de meu prologuista, Víctor Goti; mas como estou no secreto de sua existência — a de Goti —, prefiro lhe deixar a inteira responsabilidade do que disse nesse seu prólogo. Além disso, como fui eu que implorei que o escrevesse, comprometendo-me de antemão — ou seja, *a priori* — a aceitá-lo tal e como me desse, não é coisa de que o rejeite, nem sequer de que me ponha a corrigi-lo e a retificá-lo agora de pós-mão — ou seja, *a posteriori*. Mas outra coisa é deixar passar certas observações suas sem alguma minha.

Não sei até que ponto seja lícito fazer uso de confidências vertidas no seio da mais íntima amizade e levar ao público opiniões ou observações que não as destinava a ele quem as proferiu. E Goti cometeu em seu prólogo a indiscrição de publicar juízos meus que jamais tive a intenção de que se fizessem públicos. Ou, pelo menos, nunca quis que se publicassem com a crueza com que em privado os expunha.

E a respeito de sua afirmação de que o desgraçado... Ainda que desgraçado, por quê? Bem; suponhamos que o tivesse sido. Sua afirmação, digo, de que o desgraçado, ou o que fosse, Augusto Pérez se suicidou e não morreu como eu conto sua morte, isto é, por meu libérrimo arbítrio e decisão, é coisa que me faz sorrir. Opiniões há, de fato, que não merecem senão um sorriso. E deve andar meu amigo e prologuista Goti com muito cuidado em discutir assim minhas decisões porque, se me irrita muito, acabarei fazendo com ele o que fiz com seu amigo Pérez, e é que o deixarei morrer ou o matarei à guisa de médico. Os quais já sabem meus leitores enfrentam este dilema: ou deixam morrer o doente com medo de matá-lo, ou o matam com medo que eles morram. E assim, eu sou capaz de matar Goti se vejo que vai morrer, ou deixá-lo morrer se temo ter que matá-lo.

E não quero mais prolongar este pós-prólogo, que é o bastante para dar a alternativa a meu amigo Víctor Goti, a quem agradeço seu trabalho.

M. de U.

PRÓLOGO À TERCEIRA EDIÇÃO, OU SEJA, HISTÓRIA DE *NÉVOA*

A primeira edição desta minha obra — só minha? — apareceu em 1914 na Biblioteca "Renascimento", e logo a envolveram a trapaça e os trapaceiros. Parece que há outra segunda, de 1928, mas dela não tenho mais que notícia bibliográfica. Nunca a vi, sem que seja de estranhar, pois nesse tempo a ditadura estava no poder e eu exilado, para não acatá-la, em Hendaya. Em 1914, ao terem me demitido — ou melhor, desenjaulado — da minha primeira reitoria da Universidade de Salamanca, entrei em uma nova vida com a erupção da guerra das nações que sacudiu a nossa Espanha, ainda que esta não beligerante. Dividimo-nos os espanhóis em germanófilos e antigermanófilos — ou então aliadófilos —, mais segundo nossos temperamentos que segundo os motivos da guerra. Foi a ocasião que marcou o curso posterior de nossa história até chegar à suposta revolução de 1931, ao suicídio da monarquia bourbônica. Foi quando me senti envolto na névoa histórica de nossa Espanha, de nossa Europa e até de nosso universo humano.[6]

6. Defensor de ideias republicanas, Unamuno escreveu um artigo considerado injurioso ao rei Afonso XIII de Bourbon (1866-1941; reinou de 1902 a 1931) e foi deportado para a ilha de Fuerteventura, no arquipélago das Canárias, em 1924. Apesar de anistiado, o pensador se exilou na França, onde permaneceu até 1930. Em abril de 1931 foi proclamada a República e o rei teve que se exilar em Paris. Unamuno assumiu novamente o cargo de reitor em Salamanca. O desencanto com o governo republicano e seu entusiasmo pelos militares rebeldes, comandados pelo general Francisco Franco, provocaram uma nova destituição em 1936 — início da guerra civil espanhola. No mesmo ano, contudo, foi reconduzido ao cargo pelos franquistas, que dominaram a cidade. Pouco depois, por criticá-los, perdeu-o mais uma vez. [N.E.]

Agora, ao se oferecer em 1935 conjuntura para reeditar minha *Névoa*, a revisei e ao revisá-la a refiz intimamente, voltei a fazê-la; a revivi em mim. Que o passado revive; revive a recordação e se refaz. É uma obra nova para mim, como será, com certeza, para aqueles dos meus leitores que a leram e voltem a ler de novo. Que me releiam ao relê-la. Pensei um momento em fazê-la de novo, renová-la; mas seria outra... Outra? Quando aquele meu Augusto Pérez fez 21 anos — eu tinha então 50 — se apresentou em meus sonhos crendo eu tê-lo finado e pensando, arrependido, ressuscitá-lo, me perguntou se acreditava eu ser possível ressuscitar Dom Quixote, ao lhe contestar que impossível!: "Pois no mesmo caso estamos todos os demais entes de ficção", me argumentou, e ao lhe replicar eu: "E se volto a sonhar-te?", ele: "Não se sonha duas vezes o mesmo sonho. Este que você volta a sonhar e crê que sou eu será outro...". Outro? Como me perseguiu e me persegue esse outro! Basta ver minha tragédia *O outro!* E quanto à possibilidade de ressuscitar Dom Quixote creio ter ressuscitado o de Cervantes e creio que o ressuscitam todos os que o contemplam e ouvem. Não os eruditos, com certeza, nem os cervantistas. Ressuscitam o herói como a Cristo os cristãos seguindo a Paulo de Tarso. Que assim é a história, ou seja, a lenda. Nem há outra ressurreição.

Ser de ficção? Ser de realidade? De realidade de ficção, que é ficção de realidade. Quando uma vez surpreendi meu filho Pepe, quase criança então, desenhando um boneco e se dizendo: "Sou de carne, sou de carne, e não pintado!", palavras que punha no boneco, revivi minha infância, me refiz e quase me espantei. Foi uma aparição espiritual. E há pouco meu neto Miguelín me perguntava se o Gato Félix — o dos contos para meninos — era de carne. Queria dizer vivo. E ao lhe insinuar eu que conto, sonho ou mentira, me replicou: "Mas sonho de carne?". Há aqui toda uma metafísica. Ou uma meta-história.

Pensei também em continuar a biografia de meu Augusto Pérez, contar sua vida no outro mundo, na outra vida. Mas o outro mundo e a outra vida estão dentro deste mundo e desta vida. Há a biografia e a história universal de um personagem qualquer, seja dos que chamamos históricos ou dos literários ou de ficção. Ocorreu-me um momento fazer meu Augusto escrever uma autobiografia em que me retificasse e contasse como ele sonhou a si mesmo. E dar assim a este relato duas conclusões diferentes — talvez em duas colunas — para que o leitor escolhesse. Mas o leitor não aguenta isso, não tolera que o tire do seu sonho e que o submerja no sonho do sonho, na terrível consciência da consciência, que é o angustiante problema. Não quer que lhe arranquem a ilusão da realidade. Conta-se que um pregador rural que descrevia a paixão de Nosso Senhor e ao ouvir as beatas camponesas chorando até pelo nariz exclamou: "Não chorem assim, que isso faz mais de dezenove séculos, e além disso talvez não tenha acontecido assim como lhes conto...". E em outros casos cabe dizer ao ouvinte: "Talvez aconteceu...".

Ouvi também contar de um arquiteto arqueólogo que pretendia derrubar uma basílica do século X, e não restaurá-la, mas sim refazê-la de novo como devia ter sido feita e não como se fez. Conforme uma planta daquela época que pretendia ter encontrado. Conforme o projeto do arquiteto do século X. Planta? Desconhecia que basílicas se fizeram a si mesmas saltando por cima das plantas, guiando as mãos dos edificadores. Também de uma novela, como de uma epopeia ou de um drama, se faz uma planta; mas logo a novela, a epopeia ou o drama se impõem ao que se crê seu autor. Ou se impõem os agonistas, suas pretensas criaturas. Assim se impuseram Lúcifer e Satanás, primeiro, e Adão e Eva, depois, a Jeová. E esta sim é que é *nivola*, ou *opopeia* ou *trigédia*! Assim se me impôs Augusto Pérez. E esta trigédia a viu, quando apareceu esta minha obra, entre seus críticos, Alejandro Plana, meu bom amigo catalão. Os demais se ativeram, por preguiça mental, a minha diabólica invenção da *nivola*.

Esta ideia inesperada de chamá-la *nivola* — ocorrência que a rigor não é minha, como conto no texto — foi outra ingênua artimanha para intrigar os críticos. Novela e tão novela quanto qualquer outra que assim seja. Isto é, que assim se chame, porque aqui ser é chamar. Que é isso de que passou a época das novelas? Ou dos poemas épicos? Enquanto viverem as novelas passadas viverá e reviverá a novela. A história é ressonhá-la.

Antes de me ter posto a sonhar Augusto Pérez e sua *nivola*, havia ressonhado a guerra carlista da qual fui, em parte, testemunha em infância e escrevi meu *Paz na guerra*, uma novela histórica, ou melhor, história anovelada, conforme os preceitos acadêmicos do gênero. Ao que se chama realismo. O que vivi aos meus dez anos voltei a viver, o revivi, aos meus trinta, ao escrever essa novela. E sigo revivendo ao viver a história atual, a que está de passagem. De passagem e toque de recolher. Sonhei depois meu *Amor e pedagogia* — aparecido em 1902 —, outra tragédia torturante. A mim me torturou, pelo menos. Escrevendo-a acreditei me livrar de sua tortura e transladá-la ao leitor. Nesta *Névoa* voltou a aparecer aquele tragicômico e nebuloso *nivolesco* dom Avito Carrascal que dizia a Augusto que só se aprende a viver vivendo. Como a sonhar, sonhando. Seguiu, em 1905, *Vida de Dom Quixote e Sancho, segundo Miguel de Cervantes Saavedra, explicada e comentada.* Mas não assim, senão ressonhada, revivida, refeita. Que meu Dom Quixote e meu Sancho não são os de Cervantes? E daí? Os dom Quixotes e Sanchos vivos na eternidade — que está dentro do tempo e não fora dele; toda a eternidade em todo tempo e toda ela em cada momento deste — não exclusivamente de Cervantes nem meus, nem de nenhum sonhador que os sonhe, senão que cada um os faz reviver. E acredito por minha parte que Dom Quixote me revelou Cervantes, especialmente seu amor a Aldonza Lorenzo. Em 1913, antes de minha surgiram as novelas curtas que reuni sob o título de uma delas: *O espelho da morte*. Depois de *Névoa*, em 1917, meu *Abel Sánchez: uma história de paixão*, a mais dolorosa experiência que cometi ao afundar meu bisturi no mais terrível tumor comunal de nossa casta espanhola. Em 1921 dei à luz minha novela *A tia Túlia*, que ultimamente encontrou acolhida e eco — graças a traduções alemã, holandesa e sueca — nos círculos freudianos da Europa Central. Em 1927 apareceu em Buenos Aires minha novela autobiográfica *Como se faz uma novela*, que fez com que meu bom amigo o excelente crítico Eduardo Gómez de Baquero, *Andrenio*, agudo e tudo como era, caísse em outra rede como a da *nivola*, e manifestasse que esperava que se escrevesse como a novela se faz. Por fim, em 1933, publicaram meu *São Manuel, mártir; e mais três histórias*. Tudo na sequência do mesmo sonho nebuloso.

Obras minhas conseguiram se ver traduzidas — e sem minha insistência — em quinze idiomas diferentes — que eu saiba —, e são: alemão, francês, italiano, inglês, holandês, sueco, dinamarquês, russo, polonês, tcheco, húngaro, romeno, iugoslavo, grego e letão; mas de todas elas a que obteve mais traduções foi esta: *Névoa*. Começam em 1921, sete anos depois de seu nascimento, para o italiano: *Nebbia, romanzo*, traduzida por Gilberto Beccari e com prefácio de Ezio Levi; em 1922, para o húngaro: *Köd* (Budapeste), por Gárady Viktor; em 1926 para o francês: *Brouillard* (Collettion de *La Revue Européenne*), por Noémi Larthe; em 1927 para o alemão: *Nebel, ein phantastischer Roman* (Munique), por Otto Buck; em 1928, para o sueco: *Dimma*, por Allan Vougt, e para o inglês: *Mist, a tragicomic novel* (New York), por Warner Pite, e o polonês: *Mgla* — aqui com um *l* cortado por um travessão

— (Varsóvia), pelo doctor Edward Boyé; em 1929, para o romeno: *Negura* (Budapeste), por L. Sebastián, e para o iugoslavo: *Magla* (Zagreb), por Bogdan Ráditsa; e por último, em 1935, para o letão: *Migla* (Riga), por Konstantins Raudive. No total dez traduções, duas a mais que obtiveram minhas *Três novelas exemplares e um prólogo*, da qual faz parte *Nada menos que um homem inteiro*.

Por que esta predileção? Por que capturou povos de outras línguas antes que outras obras minhas esta a que o tradutor alemão Otto Buck chamou de "novela fantástica" e o norte-americano Warner Pite de "novela tragicômica"? Precisamente pela fantasia e pela tragicomédia. Eu não me equivoquei, pois desde o princípio supus — e o disse — que esta que batizei de minha *nivola* haveria de ser minha obra mais universalizada. Não meu *Sentimento trágico da vida* — seis traduções —, porque exige certos conhecimentos filosóficos e teológicos menos correntes do que se supõe. Pelo que me surpreendeu seu êxito na Espanha. Não meu *Vida de Dom Quixote e Sancho* — três traduções, porque o *Quixote* de Cervantes não é tão conhecido — e menos popular — fora da Espanha — nem também nesta — como aqui supõem os literatos nacionais. E até me atrevo a avançar que obras como esta minha podem contribuir para fazê-lo mais e melhor conhecido. Não outra qualquer. Por seu caráter nacional? Meu *Paz na guerra* foi traduzido para o alemão e o tcheco. É que a fantasia e a tragicomédia de meu *Névoa* há de ser o que mais fale e diga ao homem individual que é o universal, ao homem acima, e abaixo também, de classes, de castas, de posições sociais, pobre ou rico, plebeu ou nobre, proletário ou burguês. E sabem disto os historiadores da cultura, os que se chama cultos.

Suspeito que muito deste prólogo — metálogo —, ao que alguém chamaria autocrítico, me tenha sido sugerido, congelando de sua névoa, por aquele dom — merece já o dom — Antolín

Sánchez Paparrigópulos, de quem se dá conta no capítulo XXIII, ainda que eu não tenha acertado aplicar nele a rigorosa técnica do inesquecível e profundo investigador. Ah, se eu tivesse acertado, seguindo seu propósito, tivesse conseguido cometer a história dos que havendo pensado em escrever não chegaram a fazê-lo! De sua casta, de sua índole, são nossos melhores leitores, nossos colaboradores e coautores — melhor cocriadores —, os que ao ler um história — *nivola* se preferirem — como esta dizem a si mesmos: "Mas se isso eu pensei assim antes!", "Se eu conheci este personagem!", "Mas se eu pensei a mesma coisa!". Tantos outros como esses prisioneiros de acachapante vulgaridade que andam preocupados com o que chamam verossimilhança! Ou dos que acreditam viver despertos, ignorando que só está deveras desperto o que tem consciência de que está sonhando, como só está deveras em seu juízo o que tem consciência de sua loucura. E "o que não confunde se confunde", como dizia Víctor Goti, meu parente, a Augusto Pérez.

Todo este meu mundo de Pedro Antonio e Josefa Ignacia, de dom Avito Carrascal e Marina, de Augusto Pérez, Eugenia Domingo e Rosarito, de Alejandro Gómez, "nada menos que um homem inteiro", e Julio, de Joaquín Monegro, Abel Sánchez e Elena, da tia Tula, sua irmã e seu cunhado e seus sobrinhos, de São Manuel Bueno e Ángela Carballino — a angelical —, e de dom Sandalio, e de Emeterio Alfonso e Celedonio Ibáñez, e de Ricardo e Liduvina, todo este mundo me é mais real que o de Cánovas y Sagasta, de Alfonso XIII, de Primo de Rivera, de Galdós, Pereda, Menéndez y Pelayo, e todos aqueles que conheci ou conheço vivos, e com alguns deles me relacionei e me relaciono. Naquele mundo eu me realizarei, se é que me realizo, ainda mais que neste outro.

E sob esses dois mundos, sustentando-os, está outro mundo, um mundo substancial e eterno, em que me sonho a mim mesmo e aos que foram — muitos ainda o são — carne de meu espírito e espírito de minha carne, mundo da consciência sem espaço nem tempo na qual vive, como onda no mar, a consciência do meu corpo. Quando me neguei a indultar da morte meu Augusto Pérez, este me disse: "Você não quer me deixar ser eu, sair da névoa, você não quer me deixar ser eu, não quer me deixar sair da névoa, viver, viver, viver, me ver, me ouvir, me tocar, me sentir, me doer, me ser: então não quer? Então hei de morrer ente de ficção? Pois bem, meu senhor criador dom Miguel, você também morrerá, você também, e voltará ao nada de que saiu... Deus deixará de te sonhar! Você morrerá, sim, morrerá ainda que não queira; morrerá você e morrerão todos os que leiam a minha história, todos, todos, todos, sem sobrar um. Entes de ficção como eu, o mesmo que eu! Morrerão todos, todos, todos!". Assim me disse, e como me sussurram, através de quase vinte anos, durante eles, em terrível sibilo quase silencioso, como o bíblico de Jeová, essas palavras proféticas e apocalípticas! Porque não é só que tenho vindo morrendo, é que se foram morrendo, morreram os meus, os que me faziam e me sonhavam melhor. Foi-se de mim a alma da vida gota a gota, e alguma vez a jorros. Pobres mentecaptos os que supõem que vivo torturado por minha própria imortalidade individual! Pobre gente! Não, e sim pela de todos os que sonhei e sonho, a de todos que me sonham e sonho. Que a imortalidade, como o sonho, ou é de todos ou não é. Não logro lembrar de ninguém a quem deveras conheci — conhecer deveras alguém é lhe querer bem, e ainda que se creia odiá-lo — e que tenha ido de mim sem que me diga a sós: "Que é você agora? que é agora da tua consciência? que sou nela eu agora? que é do que foi?". Esta é a névoa, esta a *nivola*, esta a lenda, esta a vida eterna... E isto é o verbo criador, sonhador.

Há uma visão radiosa de Leopardi, o trágico sonhador do tédio, que é o Cântico do galo silvestre, galo gigantesco tirado de uma passagem targúmica[7] da Bíblia, galo que canta a revelação eterna e convida os mortais a se despertar. E acaba assim: "Tempo virá em que este universo e a natureza mesma ficarão esgotados. E do modo que de grandíssimos reinos e impérios humanos, e suas maravilhosas movimentações, que foram famosíssimos em outras idades, não resta hoje nem sinal nem fama alguma, igualmente do mundo inteiro e das infinitas vicissitudes e calamidades das coisas criadas não permanecerá nem sequer um vestígio, senão que um silêncio nu e uma quietude profundíssima encherão o espaço imenso. Assim este momento admirável e espantoso da existência universal antes de ser declarado nem entendido se riscará e se perderá."

Mas não, que há de ficar o Cântico do galo silvestre e o sussurro de Jeová com ele; há de ficar o Verbo que foi o princípio e será o último, o Sopro e som espiritual que recolhe as névoas e as congela. Augusto Pérez nos cominou a todos, a todos os que foram e são eu, a todos os que formamos o sonho de Deus — ou melhor, o sonho do seu Verbo — que haveremos de morrer. Se me vão morrendo em carne de espaço, mas não em carne de sonho, em carne de consciência. E por isso vos digo, leitores de minha *Névoa*, sonhadores de meu Augusto Pérez e de seu mundo, que isto é a névoa, isto é a *nivola*, isto é a lenda, isto é a história, a vida eterna.

Salamanca, fevereiro de 1935

7. *Targum*: nome dado às traduções, paráfrases e comentários em aramaico da Bíblia hebraica (Tanakh) escritos e compilados em Israel e Babilônia, da época do Segundo Templo até o início da Idade Média, utilizados para facilitar o entendimento aos judeus que não falavam o hebraico como língua-mãe, e sim o aramaico. [N.E.]

CAPÍTULO I

Ao aparecer à porta de sua casa, Augusto estendeu o braço direito, com a palma da mão virada para baixo e aberta, e erguendo os olhos para o céu ficou um momento imóvel nesta atitude estatutária e augusta. Não era que tomava posse do mundo exterior, senão que observava se chovia. E, ao receber no dorso da mão o frescor do lento orvalho, franziu o semblante. E não era tampouco que lhe incomodasse o chuvisco, porém ter que abrir o guarda-chuva. Estava tão elegante, tão esbelto, dobrado e dentro de sua capa! Um guarda-chuva fechado é tão elegante como é feio um guarda-chuva aberto!

"É uma desgraça isso de alguém ter que se servir das coisas", pensou Augusto; "ter que usá-las; o uso deforma e até destrói toda beleza. A função mais nobre dos objetos é a de serem contemplados. Que bela é uma laranja antes de ser chupada! Isto mudará no céu quando todo nosso ofício se reduzir, ou melhor, se desvanecer em contemplar a Deus e a todas as coisas Dele. Aqui, nesta pobre vida, só nos preocupamos em nos servir de Deus; pretendemos abri-lo como um guarda-chuva, para que nos proteja de toda sorte de males."

Disse-se isso e se abaixou para dobrar a barra das calças. Abriu o guarda-chuva e ficou um momento aéreo e pensando: "E agora, para onde vou? Pego a direita ou a esquerda?". Porque Augusto não era um caminhante e sim um passeante da vida. "Vou esperar que passe um cachorro", se disse, "e vou tomar a primeira direção que ele tome."

Nisto passou pela rua não um cachorro, mas uma elegante beleza, e Augusto foi atrás de seus olhos, como que atraído por um ímã e sem se dar conta disso.

E assim uma rua e outra e outra.

"Mas aquele garoto", ia se dizendo Augusto, que, bem mais que pensava, falava consigo mesmo, "que está fazendo ali, atirado de bruços no chão? Contemplar alguma formiga, com certeza! A formiga, bah!, um dos animais mais hipócritas. Não faz outra coisa que passear e nos faz acreditar que trabalha. E como esse vagabundo que vai aí, a passo de carregador, dando cotoveladas nos outros passantes, e não tenho a menor dúvida que ele não tem nada para fazer. É um vadio, um desocupado como... Não, eu não sou um desempregado. Minha imaginação não descansa. Eles são vagos, os que dizem que trabalham e não fazem senão se atordoar e afogar o pensamento. Porque vamos ver esse marmanjão de chocolateiro que se mostra ali atrás dessa vitrine com seu rolo malhadeiro para que o vejamos, esse exibicionista do trabalho, que é senão um vago? E a nós, que importa se trabalha ou não? O trabalho! O trabalho! Hipocrisia! Trabalho é o desse pobre paralítico que vai ali meio se arrastando... Mas o que sei eu? Perdoa, irmão!?", se disse isso em voz alta. "Irmão? Irmão em quê? Em paralisia! Dizem que todos somos filhos de Adão. E este Joaquinzinho, é também filho de Adão? Adeus, Joaquim! Vai, já temos o inevitável automóvel, ruído e poeira! E de que adianta suprimir assim as distâncias? A mania de viajar vem da topofobia, e não da filotopia[8]; o que viaja muito vai fugindo de cada lugar que deixa, e não procurando cada lugar a que chega...Viajar... viajar... Que estorvo mais incômodo é o guarda-chuva... Cala! Que é isto?"

8. Topofobia e filotopia: neologismos para "medo de permanecer em um lugar" e "amor a um lugar". [N.T.]

E se deteve à porta da casa onde havia entrado a elegante beleza que o levara como um ímã atrás dos olhos dela. Então Augusto deu-se conta de que a havia seguido. A porteira da casa olhava-o com olhinhos maliciosos, e aquele olhar sugeriu o que deveria ser feito. "Esta Cérbera[9] aguarda", se disse, "que eu lhe pergunte pelo nome e circunstâncias dessa senhorita que venho seguindo e, certamente, isso é o que deve ser feito agora. De outro modo, minha tarefa ficaria sem coroação, e isso não, deve-se acabar as obras. Odeio o imperfeito!" Meteu a mão no bolso e não encontrou nele mais que uma moeda de cinco pesetas. Não era coisa de ir trocá-la agora; perderia tempo e ocasião nisso.

— Diga-me, boa mulher — interpelou a porteira, sem tirar o indicador e o polegar do bolso —, poderia dizer aqui, em confiança e *inter nos*, o nome dessa senhorita que acabou de entrar?

— Isso não é nenhum segredo, nem nada mal, cavalheiro.

— Por isso mesmo.

— Ela se chama dona Eugenia Domingo del Arco.

— Domingo? Será Dominga...

— Não, senhor, Domingo; Domingo é seu primeiro sobrenome.

— Pois quando se trata de mulheres, esse sobrenome deveria mudar-se para Dominga. Senão, onde está a concordância?

— Não a conheço, senhor.

— E diga-me... diga-me... — sem tirar os dedos do bolso. — Como é que sai assim sozinha? É solteira ou casada? Tem pais?

— É solteira e órfã. Vive com uns tios...

— Paternos ou maternos?

— Só sei que são tios.

9. Cérbero era, na mitologia grega, o cão de várias cabeças que vigiava a porta do inferno; em espanhol, porteiro brutal; guarda intratável. [N.E.]

— Basta e ainda sobra.

— Se dedica a dar lições de piano.

— E toca bem?

— Isso já não sei.

— Bem, está ótimo; pegue isto pelo incômodo.

— Obrigada, senhor, obrigada. Deseja algo mais? Posso servir-lhe em alguma coisa? Quer que eu leve algum recado?

— Talvez... talvez... Bem, não por ora... Adeus!

— Disponha de mim, cavalheiro, e conte com uma absoluta discrição.

"Pois, senhor", ia se dizendo Augusto ao se separar da porteira, "veja aqui como me comprometi com esta boa mulher. Porque agora não posso dignamente deixar assim. O que não dirá de mim esse modelo de porteiras! Então... Eugenia Dominga, digo Domingo, del Arco? Muito bem, vou anotá-lo, não que eu vá esquecer, jamais! Não há arte mais mnemotécnica que levar um livro de memórias no bolso. Já dizia o inesquecível dom Leoncio: não meta na cabeça o que cabe no bolso! Ao que eu teria de acrescentar como complemento: não meta no bolso o que cabe na cabeça! E a porteira, como se chama a porteira?"

Voltou uns passos atrás.

— Me diz uma coisa, boa mulher.

— Você manda...

— E você, como se chama?

— Eu? Margarita.

— Muito bem, muito bem... obrigado!

— Não há de quê.

E Augusto voltou a andar, encontrando-se em pouco tempo no passeio da Alameda.

Havia cessado o chuvisco. Fechou, dobrou e encapou seu guarda-chuva. Aproximou-se de um banco e ao tocá-lo sentiu que estava molhado. Pegou um jornal, colocou-o sobre o banco e sentou; depois, sua carteira, e sacudiu sua caneta-tinteiro. "Eis aqui uma bugiganga utilíssima", se disse, "se não existisse, teria que anotar com lápis o nome dessa senhorita e poderia apagar-se. Apagar-se-á sua imagem de minha memória? Mas, como é? Como é a doce Eugenia? Só me recordo de uns olhos... Tenho a sensação do toque de uns olhos... Enquanto eu divagava liricamente, os olhos atraíam docemente meu coração. Vejamos! Eugenia Domingo, sim, Domingo, del Arco. Domingo? Não me acostumo com isso de que se chame Domingo... Não; vou fazer com que ela troque o sobrenome e se chame Dominga. Mas, e nossos filhos homens, terão de ter Dominga como segundo sobrenome? E como hão de suprimir o meu, este impertinente Pérez, deixando-lhe em um P., nosso primogênito se há de chamar Augusto P. Dominga? Ah, onde você me leva, louca fantasia?" E anotou em sua caderneta: "Eugenia Domingo del Arco, Avenida da Alameda, 58." Em cima dessa anotação havia estes dois versos:

Do berço nos vem a tristeza
e também do berço a alegria...

"Ora", disse Augusto, "esta Eugeninha, professora de piano, me cortou um excelente princípio de poesia lírica transcendental. Me fica interrompida. Interrompida?... Sim, o homem não faz senão buscar nos sucessos, nas vicissitudes da sorte, alimento para sua tristeza ou alegria naturais. Um mesmo caso é triste ou alegre, segundo nossa disposição inata. E Eugenia? Tenho que lhe escrever. Mas não daqui e sim de casa. Melhor ir ao Cassino? Não, para casa, para casa. Essas coisas de casa, do lar. Lar? Minha casa não é um lar. Lar... lar... É mais um cinzeiro! Ai, minha Eugenia!"

E Augusto voltou para sua casa.

CAPÍTULO II

Ao lhe abrir a porta o criado...

Augusto, que era rico e só, pois sua mãe anciã tinha morrido há quase seis meses antes destes miúdos acontecimentos, vivia com um criado e uma cozinheira, serventes antigos da casa e filhos de outros que haviam servido nela. O criado e a cozinheira estavam casados, mas não tinham filhos.

Ao lhe abrir a porta o criado, Augusto perguntou se em sua ausência havia chegado alguém.

— Ninguém, senhorzinho.

Eram perguntas e respostas sacramentais, pois Augusto quase não recebia visitas em casa.

Entrou em seu gabinete, pegou um envelope e escreveu: "Senhorita dona Eugenia Domingo del Arco. E. P. M."[10] E em seguida, diante do branco papel, apoiou a cabeça em ambas as mãos, os cotovelos na escrivaninha, e fechou os olhos. "Primeiro pensemos nela", disse. E se esforçou para apanhar na escuridão o resplendor daqueles outros olhos que o arrastaram ao acaso.

Permaneceu assim algum tempo, se inspirando na figura de Eugenia, e como mal a tinha visto, teve que imaginá-la. Graças a esse trabalho de evocação, foi surgindo em sua fantasia uma figura vagarosa rodeada de sonhos. E acabou dormindo porque teve uma noite má, com insônia.

10. E. P. M.: abreviatura de "en propia mano", para indicar que a carta devia ser entregue diretamente a Eugenia. [N.T.]

— Senhorzinho!

— Eh! — exclamou, despertando.

— O almoço já está servido.

Foi a voz do criado ou foi o apetite, de que aquela voz não era senão apenas um eco, o que o despertou? Mistérios psicológicos! Assim pensou Augusto, que foi à sala de jantar se dizendo: "Oh, a psicologia!".

Almoçou com prazer seu almoço de todos os dias: dois ovos fritos, bisteca com batatas e um pedaço de queijo Gruyère. Tomou logo seu café e se estendeu na cadeira de balanço. Acendeu um havana, levou-o à boca e, dizendo-se "Ai, minha Eugenia!", pôs-se a pensar nela.

"Minha Eugenia, sim, a minha", ia se dizendo, "esta que estou forjando a sós, e não a outra, não a de carne e osso, não a que vi passar em frente à porta da minha casa, aparição fortuita, não a da porteira! Aparição fortuita? E que aparição não é? Qual é a lógica das aparições? A da sucessão destas figuras que as nuvens de fumaça de cigarro formam. O azar! O acaso é o ritmo íntimo do mundo, o acaso é a alma da poesia. Ah, minha ocasional Eugenia! Esta minha vida mansa, rotineira, humilde é uma ode pindárica[11] tecida com as mil pequenezas do cotidiano. O cotidiano! O pão nosso de cada dia nos dai hoje! Dai-me, Senhor, as mil migalhas de cada dia. Os homens não sucumbimos às grandes dores nem às grandes alegrias, e é porque essas dores e essas alegrias vêm escondidas numa imensa névoa de pequenos incidentes. E a vida é isto, a névoa. A vida é nebulosa. Agora dela surge Eugenia. E quem é Eugenia? Ah, caio em mim que há tempos eu andava procurando por ela. E enquanto a procurava, ela apareceu em

11. Pindárica: própria de Píndaro, poeta grego de século V a.C. e de linguagem elevada. [N.E.]

meu caminho. Não é isto acaso encontrar algo? Quando alguém descobre a aparição que procurava, não acontece de a aparição, compadecida da procura, vir ao seu encontro? Não saiu a América em busca de Colombo? Não veio Eugenia procurar a mim? Eugenia! Eugenia! Eugenia!"

E Augusto se encontrou pronunciando em voz alta o nome de Eugenia. Ao ouvir o chamado, o criado que passava próximo à sala entrou dizendo:

— Chamou, senhorzinho?

— Não, a você não! Mas, cala, você não se chama Domingo?

— Sim, senhorzinho — respondeu Domingo, sem estranheza alguma pela pergunta que lhe fazia.

— E por que se chama Domingo?

— Porque é assim que me chamam.

"Bem, muito bem", se disse Augusto; "nos chamamos como nos chamam. Nos tempos homéricos tinham as pessoas e as coisas dois nomes, o que lhe davam os homens e o que lhe davam os deuses. Como Deus me chamará? E por que não haveria eu de me chamar de modo diferente de como os outros me chamam? Por que não hei de dar a Eugenia outro nome diferente do que lhe dão os outros, do que lhe dá Margarita, a porteira? Como a chamarei?"

— Pode ir — disse ao criado.

Levantou-se da cadeira de balanço, foi para o gabinete, pegou a pena e se pôs a escrever:

"Senhorita: nesta mesma manhã, sob a doce chuva miudinha do céu, passou você, como uma aparição fortuita, diante da porta da casa onde ainda vivo, e já não tenho lar. Quando despertei, fui à porta da sua, onde ignoro se você tem lar ou não. Me haviam levado ali seus olhos, seus olhos, que são refulgentes estrelas gêmeas na nebulosa de meu mundo. Me perdoa, Eugenia, e deixa que eu lhe dê familiarmente este doce nome, me perdoa a lírica. Vivo em perpétua lírica infinitesimal.

"Não sei mais o que lhe dizer. Sim, sim, sei. Mas é tanto, tanto que tenho a lhe dizer, que acho melhor adiar para quando nos vejamos e nos falemos. Pois é o que agora desejo, que nos vejamos, que nos falemos, que nos escrevamos, que nos conheçamos. Depois... Depois, Deus e nossos corações dirão!

"Me dará você, pois, Eugenia, doce aparição de minha vida cotidiana, me dará você ouvidos?

"Sumido na névoa de sua vida espero sua resposta

"AUGUSTO PÉREZ."

E rubricou se dizendo: "Me agrada esse costume inútil da rubrica."

Fechou a carta e voltou a se lançar à rua.

"Graças a Deus", se dizia a caminho da Avenida da Alameda, "graças a Deus que sei aonde vou e que tenho aonde ir! Esta minha Eugenia é uma bênção de Deus. Já deu uma finalidade, um ponto final às minhas vagabundagens rueiras. Já tenho casa para rondar; já tenho uma porteira confidente..."

Enquanto ia assim falando consigo mesmo, cruzou com Eugenia sem sequer perceber o resplendor de seus olhos. A névoa espiritual era demasiado densa. Mas Eugenia, de sua parte, fixou-se nele, dizendo-se: "Quem será este jovem? Tem boa aparência e parece bem de vida!". E eis que, mesmo sem se dar conta clara disso, adivinhou que era um que a havia seguido pela manhã. As mulheres sempre sabem quando as olham, mesmo sem que as vejam, e quando são vistas, sem que as olhem.

E seguiram os dois, Augusto e Eugenia, em direções contrárias, cortando com suas almas a emaranhada teia de aranha espiritual da rua. Porque a rua forma um tecido em que se entrecruzam olhares de desejo, de inveja, de desdém, de compaixão, de amor, de ódio, de velhas palavras cujo espírito ficou cristalizado, pensamentos, anseios, toda uma teia misteriosa que envolve a alma dos que passam.

Por fim, Augusto se encontrou mais uma vez diante de Margarita, a porteira, diante do sorriso de Margarita. A primeira coisa que fez esta ao ver aquele foi tirar a mão do bolso do avental.

— Boa tarde, Margarita.

— Boa tarde, senhor.

— Augusto, boa mulher, Augusto.

— Dom Augusto — acrescentou ela.

— Nem a todos os nomes cai bem o dom — observou ele. — Assim como de Juan a dom Juan há um abismo, assim também há de Augusto a dom Augusto. Mas... seja! A senhorita Eugenia saiu?

— Sim, faz um tempo.

— Em qual direção?

— Por ali.

E por ali partiu Augusto. Mas voltou logo. Tinha esquecido a carta.

— Fará o favor, senhora Margarita, de fazer esta carta chegar às próprias brancas mãos da senhorita Eugenia?

— Com muito prazer.

— Mas em suas próprias brancas mãos, hein? A suas mãos marfíneas como as teclas do piano a que acariciam.

— Sim, já sei, como das outras vezes.

— De outras vezes? Que é isso de outras vezes?

— Mas será que crê o cavalheiro que esta é a primeira carta deste gênero?

— Deste gênero? Mas você sabe o gênero de minha carta?

— Desde o começo. Como as outras.

— Como as outras? Como que outras?

— Pois poucos pretendentes tem tido a senhorita...

— Ah, mas agora ela está vaga?

— Agora? Não, não, senhor. Ela tem algo assim como um noivo... Ainda que eu ache que não é senão um aspirante a noivo... Talvez esteja provando ele... Pode ser que seja interino...

— E como não me disse?

— Como você não me perguntou...

— É certo. Entretanto, lhe entregue esta carta e em próprias mãos, entendeu? Lutaremos! E pega outra moeda de cinco pesetas!

— Obrigada, senhor, obrigada.

Com trabalho se arrancou Augusto dali, pois a conversa nebulosa, cotidiana, de Margarita, a porteira, começava a lhe agradar. Não era acaso um modo de matar o tempo?

"Lutaremos!", ia se dizendo Augusto, rua abaixo; "sim, lutaremos! Com que tem outro noivo, outro aspirante a noivo? Lutaremos, pois! *Militia est vita hominis super terram.*[12] Minha vida já tem uma finalidade: tenho agora uma conquista para levar a cabo. Oh, Eugenia, minha Eugenia, você há de ser minha! Pelo menos, minha Eugenia, esta que forjei sobre a visão fugitiva daqueles olhos, daquela parelha de estrelas em minha nebulosa, esta Eugenia sim que há de ser minha, seja a outra, a da porteira, de quem for! Lutaremos! Lutaremos e vencerei. Tenho o segredo da vitória. Ah, Eugenia, minha Eugenia!"

E se achou à porta do Cassino, onde Víctor o esperava para jogar a cotidiana partida de xadrez.

---

12. "A vida do homem sobre a Terra é uma luta." (Jó, 7:1) [N.T.]

CAPÍTULO III

— Hoje você se atrasou um pouco, rapaz — disse Víctor a Augusto —, você, tão pontual sempre!

— Queria o quê... Negócios...

— Negócios, você?

— Mas você acha que só têm negócios os corretores da bolsa? A vida é muito mais complexa do que você imagina.

— Ou eu mais simples do que você acredita...

— Pode ser tudo.

— Bem, sai!

Augusto avançou duas casas o peão do rei, e em vez de cantarolar trechos de óperas, como outras vezes, ficou se dizendo: "Eugenia, Eugenia, Eugenia, minha Eugenia, finalidade de minha vida, doce resplendor de estrelas gêmeas na névoa, lutaremos! Aqui sim há lógica, neste tabuleiro de xadrez, e, contudo, que nebuloso, que fortuito depois de tudo! Não será a lógica também algo fortuito, algo de azar e acaso? E essa aparição de minha Eugenia, não será lógica? Não obedecerá a um xadrez divino?".

— Mas, homem — interrompeu Víctor —, não combinamos que não vale voltar atrás na jogada? Peça tocada, peça jogada!

— Sim, combinamos.

— Pois se fizer isso, eu como de graça esse bispo.

— É verdade, é verdade; me distraí...

— Pois então não se distraia; amigos, amigos, bispos à parte. E você já sabe: peça tocada, peça jogada!

— Vamos, sim, o irreparável!

— Assim deve ser. E nisto consiste o educativo deste jogo.

"E por que não se pode distrair-se em um jogo?", se dizia Augusto. "A vida é ou não é um jogo? E por que não se pode voltar atrás nas jogadas? Isto é a lógica! Acaso a carta já está em mãos de Eugenia. *Alea iacta est!* Está feito, não tem jeito! E amanhã? Amanhã é de Deus! E ontem, de quem é? De quem é ontem? Oh, ontem, tesouro dos fortes! Santo ontem, substância da névoa cotidiana."

— Xeque! — Víctor o interrompeu de novo.

— É verdade, é verdade... vejamos. Mas como deixei as coisas chegarem a este ponto?

— Se distraindo, homem, como de costume. Se não fosse tão distraído você seria um de nossos primeiros jogadores.

— Então me diz, Víctor: a vida é jogo ou distração?

— O jogo não é mais que distração.

— Então qual o problema de se distrair de um modo ou de outro?

— Homem, de jogar, jogar bem.

— E por que não jogar mal? E o que é jogar bem e o que é jogar mal? Por que não podemos mover as peças de modo diferente de como as movemos?

— Esta é a tese, Augusto amigo, conforme você, filósofo conspícuo, me ensinou.

— Bem, pois vou te dar uma grande notícia.

— Vai!

— Então, se assombre, rapaz!

— Eu não sou dos que se assombram *a priori* ou de antemão.

— Então lá vai: sabe o que acontece?

— Que está cada vez mais distraído.

— Pois acontece que estou apaixonado.

— Ah, isso eu já sabia...

— Como sabia?

— Naturalmente, você está apaixonado *ab origine*, desde o dia em que nasceu, tem um amorio inato.

— Sim, o amor nasce conosco quando nascemos.

— Não disse amor, mas amorio. E já sabia eu, sem que tivesse que me dizer, que você está enamorado, ou melhor, enamoriscado. Sabia melhor que você mesmo.

— Mas por quem? Me diz, por quem?

— Isso você não sabe mais que eu.

— Então, cala, olha, talvez você tenha razão...

— Não te disse? E se não, me diz, é loura ou morena?

— Pois a verdade é que não sei. Ainda que imagine que não deve ser nem um nem outro; digamos, assim, acastanhada.

— É alta ou baixa?

— Tampouco me lembro bem. Deve ser uma coisa normal. Mas que olhos, rapaz, que olhos tem minha Eugenia!

— Eugenia?

— Sim, Eugenia Domingo del Arco, Avenida da Alameda, 58.

— A professora de piano?

— A própria. Mas...

— Sim, a conheço. E agora... xeque! Outra vez!

— Mas...

— Xeque, eu disse!

— Bem...

E Augusto cobriu o rei com um cavalo. E acabou perdendo o jogo.

Ao se despedir, Víctor, pondo a mão direita, como um véu, no pescoço do amigo, lhe sussurrou no ouvido:

— Então Eugeniazinha, a pianista, hein? Boa, Augustinho, boa; você possuirá a terra.

"Mas esses diminutivos", pensou Augusto, "esses terríveis diminutivos!" E saiu para a rua.

CAPÍTULO IV

"Por que o diminutivo é sinal de carinho?", ia se dizendo Augusto a caminho de casa. "Será por acaso que o amor apequena a coisa amada? Enamorado eu! Eu enamorado! Quem haveria de dizer!... Porém, terá Víctor razão? Serei um enamorado *ab initio*? Talvez meu amor precedeu seu objeto. É mais, é este amor que o suscitou, que o desentranhou da névoa da criação. Porém, se eu adianto aquela torre, não dá o xeque, não me dá. E que é o amor? Quem definiu o amor? Amor definido deixa de ser amor... Mas, meu Deus, por que permitirá o presidente da câmara municipal que empreguem para fins comerciais tipos de letras tão feios como esse? Aquele bispo foi mal jogado. E como me enamorei se a rigor não posso dizer que a conheço? Ah, o conhecimento virá depois. O amor precede o conhecimento, e este mata aquele. *Nihil volitum quin praecognitum*[13], me ensinou o padre Zaramillo, porém eu cheguei à conclusão contrária que é *nihil cognitum quin praevolitum*. Conhecer é perdoar, dizem. Não, perdoar é conhecer. Primeiro o amor, o conhecimento depois. Porém como não vi que me dava mate a descoberto? E para amar algo, que basta? Vislumbrá-lo! O vislumbre; eis aqui a intuição amorosa, o vislumbre da névoa. Logo vem a precisão, a visão perfeita, a dissolução da névoa em gotas de água ou em granizo ou em neve ou em

13. "Não se deseja o que não se vê." [N.T.]

pedra. A ciência é uma chuva de pedra. Não, não, névoa, névoa! Quem fosse águia para passear pelos seios das nuvens! E ver o sol através delas, como fogo nebuloso também.[14]

"Oh, a águia! Que coisa teria dito a águia de Patmos, a que fixa o sol cara a cara e não enxerga na negrura da noite, quando escapando de São João se encontrou com a coruja de Minerva, a que vê no escuro da noite, porém não pode encarar o sol, e que havia escapado do Olimpo!"

Ao chegar a este ponto, Augusto cruzou com Eugenia, e não reparou nela.

"O conhecimento vem depois...", seguiu dizendo. "Mas... Que foi isso? Juraria que cruzaram por minha órbita duas refulgentes e místicas estrelas gêmeas... Teria sido ela? O coração me diz... Mas, cala, já estou em casa!"

E entrou.

Dirigiu-se a seu quarto, e ao reparar na cama se disse: "Só! Dormir sozinho! Sonhar sozinho! Quando se dorme em companhia, o sonho deve ser em comum. Misteriosos eflúvios hão de unir os dois cérebros. Ou não é por acaso que à medida que os corações mais se unem, mais se separam as cabeças? Talvez. Talvez estejam em posições mutuamente adversas. Se dois amantes pensam o mesmo, sentem o contrário um do outro; se comungam no mesmo sentimento amoroso, cada um pensa outra coisa que o outro, talvez o contrário. A mulher só ama seu homem enquanto não pensa como ela, isto é, enquanto pensa. Vejamos este honrado casamento."

---

14. Os quatro evangelistas são representados por símbolos. Mateus é representado por um anjo ou homem alado; é a dimensão da obra-prima de Deus que criou o homem à sua imagem e semelhança. Marcos, por um leão alado, representando as feras que habitam o deserto; é a dimensão da força, realeza, poder, autoridade do Filho de Deus. Lucas, por um touro, representação dos sacrifícios oferecidos (Cf. Lc, 1:25); é a dimensão da oferta a Deus. E João, por uma águia, a dimensão da liberdade. [N.E.]

Muitas noites, antes de se deitar, Augusto costumava jogar uma partida de tute com seu criado Domingo, e enquanto isso, a mulher deste, a cozinheira, contemplava a partida.

Começou o jogo.

— Vinte de copas — cantou Domingo.

— Me diz — Augusto exclamou de repente —, e se eu me casar?

— Muito bem feito, senhorzinho — disse Domingo.

— Segundo e conforme — atreveu-se a insinuar Liduvina, sua mulher.

— O quê? Então você não se casou? — Augusto a interpelou.

— Segundo e conforme, senhor.

— Como segundo e conforme? Fala!

— Se casar é muito fácil; mas não é tão fácil ser casado.

— Isso pertence à sabedoria popular, fonte de...

— E o que é a que há de ser mulher do senhorzinho... — agregou Liduvina, temendo que Augusto espetasse neles todo um monólogo.

— Quê? A que há de ser minha mulher, quê? Vamos, diz, diz, mulher, diz!

— Pois como o senhorzinho é tão bom...

— Anda, diz, mulher, diz de uma vez.

— Já recorda o que dizia a senhora...

À piedosa menção de sua mãe, Augusto deixou as cartas sobre a mesa, e seu espírito ficou um momento em suspenso. Muitas vezes, sua mãe, aquela doce senhora, filha do infortúnio, lhe tinha dito: "Eu já não posso viver muito, filho meu; seu pai está me chamando. Talvez faça mais falta a ele que a você. Assim que eu me for deste mundo, e quando ficar sozinho nele, te casa, te casa o quanto antes. Traz para esta casa dona e senhora. E não é que eu não tenha confiança em nossos antigos e fiéis empregados, não. Porém traz ama para esta casa. Faz dela dona de teu coração, de tua bolsa, de tua dispensa, de tua cozinha e de tuas resoluções. Busca uma mulher de governo, que saiba te querer... e te governar."

— Minha mulher tocará o piano — disse Augusto, sacudindo suas lembranças e saudades.

— O piano! E para que serve isso? — perguntou Liduvina.

— Para que serve? Pois aí é que reside seu maior encanto, que não serve para maldita de Deus a coisa, o que se chama servir. Estou farto de serviços...

— Dos nossos?

— Não, dos de vocês não! E além disso o piano serve, sim, serve... serve para encher de harmonia os lares e não os cinzeiros.

— Harmonia? E isso, com que se come?

— Liduvina... Liduvina...

A cozinheira baixou a cabeça diante da doce repreensão. Era o costume de um e de outra.

— Sim, tocará o piano, porque ela é professora de piano.

— Então não tocará — acrescentou com firmeza Liduvina. — E se é isso, para que se casa?

— Minha Eugenia — começou Augusto.

— Ah! Então se chama Eugenia e é professora de piano? — perguntou a cozinheira.

— Sim, por quê?

— A que vive com uns tios na Avenida da Alameda, em cima do comércio do senhor Tiburcio?

— A própria. Quê, a conhece?

— Sim... De vista...

— Não, mais, Liduvina, mais. Vamos, fala; olha que se trata do porvir e da felicidade de teu amo...

— É uma boa menina, sim, boa menina...

— Vamos, fala, Liduvina... Pela memória de minha mãe!...

— Lembre-se dos conselhos dela, senhorzinho. Mas quem anda na cozinha? Será o gato?...

E, levantando-se a criada, saiu.

— E aí, acabamos? — perguntou Domingo.

— É verdade, Domingo, não podemos deixar assim a partida. De quem é a vez de sair?

— É a tua, senhorzinho.

— Pois lá vai.

E perdeu também a partida, por distraído.

"Pois senhor", dizia-se ao se retirar para seu quarto, "todos a conhecem, todos a conhecem, menos eu. Eis aqui a obra do amor. E amanhã? Que farei amanhã? Ah! A cada dia basta o seu cuidado! Agora, à cama."

E se deitou.

E já na cama seguiu dizendo: "Mas o caso é que venho me aborrecendo sem saber, e por dois mortais anos... desde que morreu minha santa mãe... Sim, sim, há um aborrecimento inconsciente. Quase todos os homens nos aborrecemos inconscientemente. O aborrecimento é o fundo da vida, e o aborrecimento é que inventou os jogos, as distrações, as novelas, e o amor. A névoa da vida destila um doce aborrecimento, licor agridoce. Todos os sucessos cotidianos, insignificantes; todas essas doces conversações com que matamos o tempo e alongamos a vida, que são senão dulcíssimo aborrecer-se? Oh, Eugenia, minha Eugenia, flor de meu aborrecimento vital e inconsciente, me assista em meus sonhos, sonha em mim e comigo!".

E quedou adormecido.

CAPÍTULO V

Cruzava as nuvens, águia refulgente, com as poderosas asas peroladas de orvalho, fixos os olhos de rapina na névoa solar, adormecido o coração no doce aborrecimento ao amparo do peito forjado em tempestades; em volta, o silêncio que fazem os rumores remotos da terra, e lá no alto, no cume do céu, duas estrelas gêmeas derramando bálsamo invisível. Dilacerou o silêncio um grito estridente que dizia: "*A Correspondência!...*". E Augusto vislumbrou a luz de um novo dia.

"Sonho ou vivo?", se perguntou se enrolando no cobertor. "Sou águia ou sou homem? Que dirá esse papel? Que novidades me trará o novo dia consigo? Corcubión terá sido tragada por um terremoto esta noite? E por que não Leipzig? Oh, a associação lírica de ideias, a desordem pindárica! O mundo é um caleidoscópio. A lógica trata mal o homem. A suprema arte é a do azar. Durmamos, pois, um pouco mais." E se revirou na cama.

A Correspondência!... O vinagreiro! E logo um coche, e depois um automóvel, e uns garotos depois.

"Impossível!", voltou a se dizer Augusto. "Isto é a vida que volta. E com ela o amor... E que é o amor? Não é acaso a destilação de tudo isto? Não é o jogo do aborrecimento? Pensemos em Eugenia; a hora é propícia."

E fechou os olhos com o propósito de pensar em Eugenia. Pensar?

Porém o pensamento se foi diluindo, se lhe derretendo e em um instante não era senão uma polca. É que um piano de manivela tinha parado debaixo de sua janela e estava soando. E a alma de Augusto repercutia notas, não pensava.

"A essência do mundo é musical", se disse Augusto quando morreu a nota final do realejo. "E minha Eugenia, não é musical também? Toda lei é uma lei de ritmo, e o ritmo é o amor. Eis que a divina manhã, virgindade do dia, me traz uma descoberta: o amor é o ritmo. A ciência do ritmo são as matemáticas; a expressão sensível do amor é a música. A expressão, e não sua realização: nos entendamos."

Uma batidinha na porta o interrompeu.

— Adiante!

— Chamava, senhorzinho? — disse Domingo.

— Sim... o desjejum!

Havia chamado, sem ter disso dado conta, pelo menos uma hora e meia antes que de costume, e, já que havia chamado, tinha que pedir o desjejum, ainda que não fosse hora.

"O amor aviva e antecipa o apetite", seguiu dizendo Augusto. "Há que viver para amar. Sim!, e há que amar para viver!"

Levantou-se para tomar seu desjejum.

— Que tempo faz, Domingo?

— Como sempre, senhorzinho.

— Vamos, sim, nem bom nem ruim...

— Isso!

Era a teoria do criado, que também as tinha.

Augusto se banhou, penteou, vestiu e aviou como quem já tem um grande objetivo na vida, dissimulando um íntimo antegozo de viver. Ainda que melancólico.

Saiu à rua e sem demora o coração soou o alarme. "Cala", se disse, "eu já a vi, já a reconheci há muito tempo; sim, sua imagem me é quase inata!... Minha mãe, me ampare!" E ao passar junto dela, ao cruzar ele com Eugenia, a saudou mais com os olhos que com o chapéu.

Esteve a ponto de voltar para segui-la, porém venceu o bom senso e o desejo que tinha de tagarelar com a porteira.

"É ela, sim, é ela", seguiu dizendo-se, "é ela, ela mesma, a que eu buscava há anos, mesmo sem saber; é a que me buscava. Estávamos destinados um ao outro em harmonia preestabelecida. Somos duas mônadas complementárias uma da outra. A família é a verdadeira célula social. E eu não sou mais que uma molécula. Que poética é a ciência, meu Deus! Mãe, minha mãe, aqui está teu filho; me aconselha lá do céu! Eugenia, minha Eugenia!..."

Olhou para todos os lados para ver se olhavam para ele, pois se surpreendeu abraçando o ar. Disse a si mesmo: "O amor é um êxtase! Nos arranca de nós mesmos!".

Devolveu-lhe à realidade — à realidade? — o sorriso de Margarita.

— Então, alguma novidade? — perguntou Augusto.

— Nenhuma, senhor. Ainda é muito cedo.

— Ela não lhe perguntou nada quando entregou a carta?

— Nada.

— E hoje?

— Hoje sim. Me perguntou como era seu jeito, se lhe conhecia e quem era. Me disse que o senhor não havia lembrado de colocar o endereço de sua casa. E logo me deu um encargo...

— Um encargo? Qual? Diz logo.

— Disse que se voltasse por aqui que lhe dissesse que está comprometida, que tem noivo.

— Que tem noivo?

— Eu já lhe disse, senhor.

— Não importa, lutaremos!

— Bom, lutaremos.

— Você me promete sua ajuda, Margarita?

— Claro que sim.

— Pois venceremos!

E se retirou. Foi até a Alameda refrescar suas emoções na visão de verdor, a ouvir os pássaros cantarem seus amores. Seu coração enverdecia e dentro dele também cantavam como rouxinóis recordações aladas da infância.

Era, sobretudo, o céu de recordações de sua mãe derramando uma luz derretida e doce sobre todas as suas demais memórias.

De seu pai mal lembrava; era uma sombra mítica que se perdia no mais distante; era uma nuvem sangrenta de ocaso. Sangrenta porque sendo ainda pequenino o viu banhado em sangue, de um vômito, e cadavérico. E repercutia em seu coração, a tão longa distância, aquele "filho!" de sua mãe, que dilacerou a casa; aquele "filho!", que não sabia se era dirigido ao pai moribundo ou a ele, Augusto, petrificado de incompreensão diante do mistério da morte.

Pouco depois sua mãe, trêmula de angústia, o espremia contra o peito, e uma ladainha de "meu filho! filho meu! meu filho!" o batizava com lágrimas de fogo. E chorou também, se apertando a sua mãe, e sem se atrever a virar a cara nem afastá-la da doce obscuridade daquele regaço palpitante, por medo de dar com os olhos devoradores do bicho-papão.

E assim passaram dias de pranto e de luto, até que as lágrimas foram caindo para dentro e a casa foi derretendo os negrores.

Era uma casa doce e morna. A luz entrava por entre as brancas flores bordadas nas cortinas. As poltronas abriam seus braços, com intimidade de avôs tornados crianças pelos anos. Ali estava sempre o cinzeiro com a cinza do último puro[15] que seu pai apurou. E ali, na parede, o retrato de ambos, do pai e da mãe, viúva já, tirado no mesmo dia em que se casaram. Ele, que era alto, com uma perna cruzada sobre a outra, mostrando a lingueta da bota, e ela, que era baixinha, de pé a seu lado e apoiando a mão, uma mão fina que não parecia feita para agarrar, e sim para pousar como pomba no ombro de seu marido.

Sua mãe ia e vinha sem fazer ruído, como um passarinho, sempre de preto, com um sorriso, que era o poço das lágrimas dos primeiros dias de viuvez, sempre na boca e em torno dos olhos investigadores. "Tenho que viver para você, só para você", lhe dizia todas as noites, antes de se deitar, "Augusto." E este levava para seus sonhos noturnos um beijo ainda úmido de lágrimas.

Como um doce sonho ia a vida para eles.

Todas as noites sua mãe sempre lia para ele, às vezes a vida do Santo, outras uma novela de Júlio Verne ou algum conto cândido e singelo. E algumas vezes até ria, com um riso silencioso e doce que transcendia a lágrimas longínquas.

Logo entrou no Instituto e, à noite, era sua mãe quem lhe tomava as lições. E estudou para tomá-las. Estudou todos aqueles nomes raros da história universal, e costumava lhe dizer sorrindo: "Quantas barbaridades puderam fazer os homens, meu Deus!". Estudou matemáticas, e nisto foi que aquela doce mulher mais sobressaiu. "Se minha mãe chega se dedicar às matemáticas...", dizia-se Augusto. E recordava o interesse com que ela seguia o desenvolvimento de uma equação de segundo grau. Estudou psicologia, e a isto era o que mais resistia. "Mas que ganas de complicar as coisas!", costumava dizer. Estudou de física e química a história natural. Da história natural, não gostava daqueles

15. Puro: charuto. [N.T.]

palavrões incomuns que eram dados aos animais e às plantas. A fisiologia lhe causava horror, e renunciou a tomar essas lições de seu filho. Era só olhar aquelas imagens que representavam o coração ou os pulmões ao vivo para que a sanguinosa morte do seu marido lhe viesse à lembrança. "Tudo isto é muito feio, meu filho", lhe dizia. "Não estude para médico. O melhor é não saber como são as coisas de dentro."

Quando Augusto se formou bacharel, tomou-o nos braços, olhou seu buço, e rompendo em lágrimas exclamou: "Se teu pai estivesse vivo!...". Depois fez com que se sentasse sobre seus joelhos, do que ele, que já era um rapagão, se sentia envergonhado, e assim o manteve em silêncio, observando o cinzeiro de seu defunto.

E logo veio sua carreira, suas amizades universitárias, e a melancolia da pobre mãe ao ver que o filho criava asas. "Eu para você, eu para você, meu filho..." — costumava lhe dizer — "e você, quem sabe para que outra!... Assim é o mundo, meu filho." O dia em que recebeu seu licenciado em Direito, sua mãe, ao chegar ele em casa, pegou e beijou sua mão de uma maneira comicamente grave e, depois, abraçando-o, lhe disse ao ouvido: "Teu pai te bendiga, meu filho!".

Sua mãe jamais se deitava antes que ele o tivesse feito, e o deixava na cama com um beijo. Nunca pôde, então, tresnoitar, dormir fora. E era sua mãe a primeira pessoa que via ao despertar. E na mesa, o que ele não comia tampouco ela o fazia.

Saíam quase sempre para passear juntos, e assim iam, caminhando em silêncio, sob o céu, ela pensando em seu defunto e ele pensando no que primeiro passava diante de seus olhos. E ela lhe dizia sempre as mesmas coisas, coisas cotidianas, muito antigas e sempre novas. Muitas dessas coisas começavam assim: "Quando você se casar...".

Sempre que cruzava por eles alguma moça formosa, ou mesmo linda, a mãe olhava para Augusto com o rabinho do olho.

E veio a morte, aquela morte lenta, grave e doce, indolor, que entrou na ponta dos pés e sem ruído, como uma ave peregrina, e a levou num voo lento, numa tarde de outono. Morreu com sua mão na mão de seu filho, com os seus olhos nos olhos dele. Augusto sentiu que a mão se esfriava, sentiu que os olhos se imobilizavam. Soltou a mão depois de deixar um beijo cálido em sua frialdade, e fechou os olhos. Ajoelhou-se junto ao leito e passou sobre ele a história daqueles anos iguais.

E agora estava aqui, na Alameda, debaixo do gorjear dos pássaros, pensando em Eugenia. E Eugenia tinha noivo. "O que temo, meu filho", costumava lhe dizer sua mãe, "é quando você encontrar com o primeiro espinho no caminho de tua vida." Se ela estivesse aqui para fazer florescer em rosa este primeiro espinho!

"Se vivesse, minha mãe encontraria solução para isto", se disse Augusto, "que não é, depois de tudo, mais difícil que uma equação de segundo grau. E não é, no fundo, mais que uma equação de segundo grau."

Uns fracos gemidos, como de pobre animal, interromperam seu solilóquio. Procurou com os olhos e acabou por descobrir, entre a verdura de uma moita, um pobre filhotinho de cachorro que parecia buscar caminho pela terra. "Pobrezinho!", se disse. "Jogaram fora recém-nascido para morrer; faltou coragem para matá-lo!" E o recolheu.

O animalzinho buscava o peito da mãe. Augusto se levantou e voltou para casa pensando: "Quando Eugenia souber, que golpe para meu rival! Que carinho vai ter pelo pobre animalzinho! E é lindo, muito lindo! Pobrezinho, como me lambe a mão...!".

— Traz leite, Domingo; mas traz logo — disse ao criado mal este lhe abriu a porta.

— Mas agora resolve comprar um cachorro, senhorzinho?

— Não o comprei, Domingo; este cachorro não é escravo, e sim livre; eu o achei.

— Ah, sim, é um exposto![16]

— Todos somos expostos, Domingo. Traz leite.

Trouxe o leite e uma pequena esponja para facilitar a sucção. Logo fez Augusto que lhe trouxesse uma mamadeira para o cachorrinho, para Orfeu, que assim o batizou, não se sabe nem tampouco sabia ele por quê.

E Orfeu foi dali em diante o confidente de seus solilóquios, o que recebeu os segredos do seu amor por Eugenia.

"Veja, Orfeu", lhe dizia silenciosamente, "temos que lutar. Que me aconselhas que faça? Se minha mãe tivesse te conhecido... Mas você verá, você verá quando dormir no regaço de Eugenia, sob sua mão doce e quente. Mas, e agora? O que vamos fazer, Orfeu?"

Foi melancólico o almoço daquele dia, melancólico o passeio, a partida de xadrez melancólica, e melancólico o sonho daquela noite.

16. A roda dos expostos consistia num mecanismo utilizado para abandonar (expor na linguagem da época) recém-nascidos que ficavam ao cuidado de instituições de caridade. O mecanismo, em forma de portinhola giratória embutido numa parede, era construído de tal forma que aquele que expunha a criança não era visto por aquele que a recebia. Esse modelo de acolhimento ganhou inúmeros adeptos por toda a Europa, principalmente da Igreja católica, a partir do século XVI. [N.E.]

CAPÍTULO VI

"Tenho que tomar alguma determinação", se disse Augusto passeando em frente à casa de número 58 da Avenida da Alameda, "isso não pode continuar assim!"

Naquele momento abriu-se um dos balcões do segundo piso, no qual morava Eugenia, e apareceu uma senhora enxuta e grisalha com uma gaiola na mão. Ia pôr o canário ao sol. Mas quando pôs a gaiola, o prego se soltou e a gaiola veio abaixo. A senhora lançou um grito de desespero: "Ai, meu Pichín!". Augusto se precipitou para recolher a gaiola. O pobre canário esvoaçava espavorido dentro dela.

Augusto então subiu à casa da senhora, com o canário se agitando na gaiola e o coração no peito. A senhora o esperava.

— Oh, obrigada, obrigada, cavalheiro!

— Obrigado eu, senhora.

— Meu Pichín! Meu Pichinzinho! Se acalme! Gostaria de entrar, cavalheiro?

— Com muito gosto, senhora.

E entrou Augusto.

A senhora o levou até a sala, e lhe dizendo: "Aguarde um pouco, que vou levar meu Pichín", o deixou sozinho.

Neste momento entrou na sala um cavalheiro ancião, o tio de Eugenia, sem dúvida. Usava óculos escuros e um gorro na cabeça. Aproximou-se de Augusto e sentando a seu lado lhe dirigiu estas palavras:

— (Aqui uma frase em esperanto que quer dizer: E você não crê comigo que a paz universal chegará logo, graças ao esperanto?)

Augusto pensou na fuga, mas o amor por Eugenia o conteve. O outro continuou falando, ainda em esperanto.

Augusto enfim se decidiu.

— Não entendo uma palavra do que você diz, cavalheiro.

— Com certeza ele estava usando essa maldita gíria que chamam esperanto — disse a tia, que entrava neste momento; e, se dirigindo ao marido, acrescentou: — Fermín, este senhor é o do canário.

— Pois não entendo mais que você quando falo em esperanto — lhe respondeu seu marido.

— Este senhor recolheu meu pobre Pichín, que caiu na rua, e teve a bondade de me trazê-lo. E você — acrescentou, voltando-se para Augusto — quem é?...

— Eu, senhora, sou Augusto Pérez, filho da defunta viúva de Pérez Rovira, a quem a senhora deve ter conhecido.

— De dona Soledad?

— Exato; de dona Soledad.

— Conheci muito a boa senhora. Foi uma viúva e uma mãe exemplar. Felicito a você por isso.

— E eu me felicito de dever ao feliz acidente da queda do canário o conhecimento de vocês.

— Feliz! Chama você esse acidente de feliz?

— Para mim, sim.

— Obrigado, cavalheiro — disse dom Fermín, agregando: — Regem aos homens e suas coisas enigmáticas leis, que o homem, contudo, pode vislumbrar. Eu, meu senhor, tenho ideias particulares sobre quase todas as coisas...

— Cala esse teu estribilho, homem! — exclamou a tia. — E como é que você pôde acudir tão depressa em socorro do meu Pichín?

— Serei franco com você, minha senhora, lhe abrirei meu peito. É que rondava a casa.

— Esta casa?

— Sim, senhora. Vocês têm uma sobrinha encantadora.

— Entendemos, cavalheiro. Já, já vejo o feliz acidente. E vejo que há canários providenciais.

— Quem conhece os caminhos da providência? — disse dom Fermín.

— Eu os conheço, homem, eu! — exclamou sua senhora; e se voltando para Augusto: — As portas desta casa estão abertas para você... Não faltava mais! O filho de dona Soledad... Assim, assim, você poderá me ajudar a tirar dessa menina um pequeno capricho que ela meteu na cabeça.

— E a liberdade? — insinuou dom Fermín.

— Cala-te, homem, e fica com teu anarquismo!

— Anarquismo? — exclamou Augusto.

Irradiou de gozo o rosto de dom Fermín, e acrescentou com a mais doce das suas vozes:

— Sim, meu senhor, eu sou anarquista, anarquista místico, porém em teoria, entenda-se bem, em teoria. Mas não tema você, meu amigo — e ao dizer isso colocou levemente a mão sobre seu joelho —, não atiro bombas. Meu anarquismo é puramente espiritual, porque eu, meu amigo, tenho ideias próprias sobre quase todas as coisas...

— E você, não é anarquista também? — Augusto perguntou à tia, para dizer alguma coisa.

— Eu? Isso é um disparate, isso de que ninguém mande. Se ninguém manda, quem vai obedecer? Não compreende você que isso é impossível?

— Homens de pouca fé, que chamais impossível — começou dom Fermín.

E a tia, lhe interrompendo:

— Pois bem, meu senhor dom Augusto, pacto fechado. Você me parece um excelente sujeito, bem educado, de boa família, com uma renda mais que regular... Nada, nada, desde hoje você é meu candidato.

— Tanta honra, senhora...

— Sim; há que fazer entrar a razão nessa menina. Ela não é má, porém cheia de caprichos. Claro, foi criada com tanto mimo! Quando sobreveio aquela terrível catástrofe do meu pobre irmão...

— Catástrofe? — perguntou Augusto.

— Sim, e como a coisa é pública eu não devo esconder nada de você... O pai de Eugenia se suicidou depois de uma desgraçadíssima operação na Bolsa, deixando-a quase na miséria. Deixou-lhe uma casa, mas agravada por uma hipoteca que leva todas as suas rendas. E a pobre menina tem se empenhado em economizar todo o dinheiro que ganha com seu trabalho para levantar a hipoteca. Imagine você, ela não vai conseguir nem dando lições de piano por sessenta anos!

Augusto concebeu na hora um propósito generoso e heroico.

— A menina não é má — prosseguiu a tia —, porém não há jeito de entendê-la.

— Se aprendesse esperanto... — começou dom Fermín.

— Deixa de línguas universais! Não nos entendemos nem nas nossas e você vem trazer outras?

— Mas você não crê, senhora — perguntou-lhe Augusto —, que seria bom se houvesse uma só língua?

— Isso! Isso! — exclamou alvoroçado dom Fermín.

— Sim, senhor — disse a tia com firmeza —, uma só língua: o castelhano, e, no máximo o bable, para falar com as criadas que não são racionais.

A tia de Eugenia era asturiana e tinha uma empregada, asturiana também, a quem repreendia em bable.

— Agora, se é em teoria — acrescentou —, não me parece má ideia que haja uma só língua. Porque este meu marido, em teoria, é até inimigo do casamento.

— Senhores — disse Augusto, se levantando —, já devo estar incomodando...

— Você não incomoda nunca, cavalheiro! — respondeu-lhe a tia —, e fica comprometido a voltar a esta casa. Você já sabe, é você meu candidato.

À saída, dom Fermín se aproximou de Augusto e lhe disse ao ouvido: "Não pense você nisso!". "E por que não?", lhe perguntou Augusto. "Há pressentimentos, cavalheiro, há pressentimentos...!"

Ao despedir-se, as últimas palavras da tia foram: "Já sabe, é meu candidato."

Quando Eugenia voltou para casa, as primeiras palavras de sua tia foram:

— Sabe quem esteve aqui, Eugenia? Dom Augusto Pérez.

— Augusto Pérez... Augusto Pérez... Ah, sim! E que o trouxe?

— Pichín, meu canário.

— E a que veio?

— Mas que pergunta! Veio atrás de você.

— Atrás de mim e trazido pelo canário? Pois não entendo. Valeria mais se falasse em esperanto, como o tio Fermín.

— Ele veio atrás de você e é um moço jovem, não feio, enfeitado, bem educado, fino, e, sobretudo, rico, menina, sobretudo rico.

— Pois que fique com sua riqueza, que se eu trabalho é para não me vender.

— E quem falou em te vender, espoleta?

— Bom, bom, tia, chega de embromar.

— Você o verá, mocinha, você o verá e aos poucos mudará de ideia.

— O que é isso...

— Ninguém pode dizer desta água não beberei.

— São misteriosos os caminhos da providência! — exclamou dom Fermín. — Deus...

— Mas, homem — censurou sua mulher —, como se compadece isso de Deus com anarquismo? Já te disse mil vezes. Se ninguém deve mandar, o que é isso de Deus?

— Meu anarquismo, mulher, você tem me ouvido outras mil vezes, é místico, é um anarquismo místico. Deus não manda como mandam os homens. Deus é também anarquista. Deus não manda, e sim...

— Obedece, não é isso?

— Tu disseste, mulher, tu disseste. O próprio Deus te iluminou! Vem cá!

Pegou sua mulher, a olhou na fronte, soprou-lhe no rosto mechas de cabelos brancos, e acrescentou:

— Te inspirou Ele mesmo. Sim, Deus obedece... obedece...

— Sim, em teoria, não é isso: e você, Eugenia, deixa de bobagens, pois se apresenta a você um bom partido.

— Eu também sou anarquista, tia, mas não como o tio Fermín, não mística.

— Bom, se verá! — concluiu a tia.

CAPÍTULO VII

"Ai, Orfeu!", dizia Augusto, já em sua casa, dando leite àquele. "Ai, Orfeu! Dei o grande passo, o passo decisivo: entrei em seu lar, entrei no santuário. Sabe o que é dar um passo decisivo? Os ventos da fortuna nos empurram e todos os nossos passos são decisivos. Nossos? São nossos esses passos? Caminhamos, meu Orfeu, por uma selva emaranhada e bravia, sem veredas. A vereda nós a fazemos com os pés quando caminhamos à ventura. Há quem acredite seguir uma estrela; eu creio seguir uma dupla estrela, gêmea. E essa estrela não é senão a própria projeção da vereda, ao céu, uma projeção do azar.

"Um passo decisivo! E me diz, Orfeu, que necessidade há de que haja nem Deus nem mundo nem nada? Por que há de haver algo? Não te parece que essa ideia da necessidade não é senão a forma suprema que o azar toma em nossa mente?

"De onde brotou Eugenia? Ela é uma criação minha ou sou uma criação dela?, ou somos os dois criações mútuas, ela de mim e eu dela? Não é por acaso tudo criação de cada coisa e cada coisa criação de tudo? E o que é a criação?, o que é você, Orfeu?, que sou eu?

"Muitas vezes me ocorreu pensar, Orfeu, que eu não sou, e caminhava pela rua figurando muito que os demais não me viam. E noutras vezes fantasiei que não me viam como eu me via, e que enquanto eu acreditava ir formalmente com toda compostura estava, sem saber, me fazendo de palhaço, e os demais riam e zombavam de mim. Isso não te aconteceu alguma vez, Orfeu? É certo que não, porque você é ainda muito jovem e não tem a experiência da vida. E além disso você é um cachorro.

"Mas, me diz Orfeu, não acontecerá de algumas vezes vocês os cachorros se acreditarem homens, assim como existiram homens que se acreditaram cachorros?

"Que vida esta, Orfeu, que vida, sobretudo desde que minha mãe morreu! Cada hora me chega empurrada pelas horas que a precederam; não conheci o porvir. E agora que começo a vislumbrá-lo me parece que ele vai se converter em passado. Eugenia já é quase uma recordação para mim. Estes dias que passam... este dia, este eterno dia que passa... se deslizando em névoa de aborrecimento. Hoje como ontem, amanhã como hoje. Olha, Orfeu, olha a cinza que meu pai deixou naquele cinzeiro...

"Esta é a revelação da eternidade, Orfeu, da terrível eternidade. Quando o homem fica sozinho e fecha os olhos para o porvir, para o sonho, se lhe revela o abismo pavoroso da eternidade. A eternidade não é o porvir. Quando morremos, a morte nos dá meia-volta em nossa órbita e começamos a marcha para trás, até o passado, para o que foi. E assim, sem fim, enovelando a meada do nosso destino, desfazendo todo o infinito que em uma eternidade nos fez, caminhando para o nada, sem jamais chegar a ele, porque ele nunca foi.

"Por debaixo desta corrente de nossa existência, por dentro dela, há outra corrente em sentido contrário; aqui vamos do ontem para o amanhã, ali se vai do amanhã para o ontem. Se tece e se destece a um tempo. E de vez em quando nos chegam hálitos, vapores e até rumores misteriosos desse outro mundo, desse interior de nosso mundo. As entranhas da história são uma contra-história, é um processo inverso ao que ela segue. O rio subterrâneo vai do mar à fonte.

"E agora me brilham no céu de minha solidão os dois olhos de Eugenia. Me brilham com o resplendor das lágrimas de minha mãe. E me fazem crer que existo. Doce ilusão! *Amo, ergo sum!*[17] Este amor, Orfeu, é como a chuva benfazeja em que se desfaz e se concretiza a névoa da existência. Graças ao amor, sinto o fardo da alma, a toco. Graças ao amor, Orfeu, a alma mesma começa a me doer em seu miolo. E o que é a alma mesma, senão amor, senão dor encarnada?

"Vêm os dias e vão os dias e o amor fica. Ali dentro, muito dentro, nas entranhas das coisas, se roçam e se esfregam a corrente deste mundo com a contrária corrente do outro, e deste roça e esfrega vem a mais triste e a mais doce das dores: a dor de viver.

"Olha, Orfeu, os fios, a urdidura, olha como a trama já vem com a lançadeira, olha como se movem os pedais do tear; mas me diz onde está o carretel onde se enovela o tecido de nossa existência, onde?"

Como jamais havia visto um tear, é muito difícil que Orfeu entendesse seu amo. Porém, olhando nos seus olhos enquanto ele falava, adivinhava seu sentir.

17. "Amo, logo existo." [N.T.]

CAPÍTULO VIII

Augusto tremia e se sentia como em um potro de tortura em seu assento; lhe entravam furiosas ganas de se levantar, passear por aquela sala, dar bofetadas no ar, gritar, fazer loucuras de circo, esquecer que existia. Nem dona Ermelinda, a tia de Eugenia, nem dom Fermín, o anarquista teórico e místico, logravam lhe trazer à realidade.

— Pois eu acredito que o senhor devia esperar, dom Augusto — dizia dona Ermelinda —, que isso é o melhor, que você espere, pois ela não pode tardar em vir; a chamo, vocês se veem e se conhecem e este é o primeiro passo. Todas as relações deste gênero têm que começar por se conhecer, não é assim?

— Com efeito, senhora — disse Augusto como quem fala de outro mundo —, o primeiro passo é se ver e se conhecer...

— E eu creio que assim que conheça você, bem... a coisa é clara!

— Não tão clara — argumentou dom Fermín. — Os caminhos da providência são misteriosos sempre... E quanto a isso de que para se casar seja preciso ou ao menos conveniente se conhecer antes... discordo... discordo... O único conhecimento eficaz é o conhecimento *post nuptias*. Já ouviste de mim, esposa minha, o que significa *conhecer* em linguagem bíblica. E, creiam-me, não há conhecimento mais substancial e essencial que esse, o conhecimento penetrante...

— Cale-se! Cale-se, homem! Não fale besteira!

— O conhecimento, Ermelinda...

Soou a campainha da porta.

— Ela! — exclamou com voz misteriosa o tio.

Augusto sentiu um vagalhão de fogo lhe subir do chão até se perder e, passando por sua cabeça, no alto, acima dele. E o coração começou a lhe martelar o peito.

Ouviu-se o abrir da porta, e ruído de passos rápidos e iguais, rítmicos. E Augusto, sem saber como, sentiu que a calma voltava a reinar nele.

— Vou chamá-la — disse dom Fermín, se esforçando para se levantar.

— Não! De modo algum! — exclamou dona Ermelinda, e chamou.

E logo à criada, ao se apresentar:

— Diga à senhorita Eugenia que venha!

Um silêncio se seguiu. Os três, como em cumplicidade, calavam. E Augusto se dizia: "Conseguirei resistir? Não ficarei vermelho como uma papoula ou pálido como um lírio quando seus olhos encherem o oco dessa porta? Meu coração não estalará?".

Ouviu-se um ligeiro rumor, como o de uma pomba que arranca em voo, um ah! breve e seco, e os olhos de Eugenia, num rosto todo fresco de vida, sobre um corpo que parecia não pesar sobre o solo, deram como que uma nova e misteriosa luz espiritual à cena. E Augusto se sentiu tranquilo, enormemente tranquilo, cravado em seu assento e como se fosse uma planta nascida nele, como algo vegetal, esquecido de si, absorto na misteriosa luz espiritual que irradiava daqueles olhos. E só ao ouvir que dona Ermelinda começava a dizer a sua sobrinha: "Aqui está o nosso amigo dom Augusto Pérez...", voltou a si e se pôs de pé procurando sorrir.

— Aqui está o nosso amigo dom Augusto Pérez, que deseja te conhecer...

— O do canário? — perguntou Eugenia.

— Sim, o do canário, senhorita — respondeu Augusto, se aproximando dela e lhe alongando a mão. E pensou: "Ela vai me queimar com a sua!".

Porém, não foi assim. Uma mão branca e fria, branca como a neve e como a neve fria, tocou a sua. E Augusto sentiu que se derramava por todo seu ser como que um fluido de serenidade.

Sentou-se Eugenia.

— E este cavalheiro... — começou a pianista.

"Este cavalheiro... este cavalheiro...", pensou Augusto rapidissimamente, "este cavalheiro! Me chamar cavalheiro! Isso é de mau agouro!"

— Este cavalheiro, minha filha, que fez por uma feliz casualidade...

— Sim, a do canário.

— São misteriosos os caminhos da providência! — sentenciou o anarquista.

— Este cavalheiro, digo — agregou a tia —, que por uma feliz causalidade fez conhecimento com nós e resulta ser o filho de uma senhora a quem conheci pouco, mas respeitei muito; este cavalheiro, posto que já é amigo da casa, deseja te conhecer, Eugenia.

— E admirá-la! — acrescentou Augusto.

— Me admirar! — exclamou Eugenia.

— Sim! Como pianista!

— Ora, vamos!

— Conheço, senhorita, seu grande amor à arte...

— Arte? Qual? A da música?

— Sim, claro!

— Me desculpe, dom Augusto, mas enganaram o senhor.

"Dom Augusto! Dom Augusto!...", pensou este. "Dom! Mas que mau agouro este *dom*! Quase tão mau quanto aquele cavalheiro!" E logo, em voz alta:

— Então não gosta de música?

— Nem migalha, lhe asseguro.

"Liduvina tem razão", pensou Augusto, "esta, depois de casada, e se o marido a puder manter, jamais voltará a tocar um piano." E logo, em voz alta:

— Como é voz pública que você é uma excelente professora...

— Procuro cumprir da melhor maneira possível o meu dever profissional, e já que tenho que ganhar a vida...

— Isso de ter que ganhar a vida — começou a dizer dom Fermín.

— Bom, basta — interrompeu a tia —, o senhor dom Augusto já está informado de tudo...

— De tudo? De quê? — perguntou Eugenia, com aspereza e com um ligeiríssimo gesto de quem vai se levantar.

— Sim, da hipoteca...

— Como? — exclamou furiosa a sobrinha, pondo-se de pé. — Mas o que é isso, o que significa tudo isso, a que vem esta visita?

— Já disse, sobrinha, que este senhor veio te conhecer.... E não se altere assim...

— Mas é que há coisas...

— Perdoe sua tia, senhorita — suplicou também Augusto, pondo-se, por sua vez, de pé, e os tios fizeram o mesmo —, pois não foi outra coisa. Foi apenas isso mesmo... E quanto a isso da hipoteca e sua abnegação e seu amor ao trabalho, nada fiz para arrancar de sua tia tão interessantes notícias, eu...

— Sim, você se limitou a trazer o canário uns dias depois de ter me mandado uma carta...

— Com efeito, não o nego.

— Pois bem, cavalheiro, a resposta a essa carta darei quando eu bem entender, sem que ninguém me coíba a isso. E agora é melhor que eu me retire.

— Bem! Muito bem! — exclamou dom Fermín. — Isto, sim, é integridade e liberdade! Esta é a mulher do futuro! Mulheres assim devem ser conquistadas a punho, amigo Pérez, a punho!

— Senhorita...! — suplicou Augusto, se aproximando dela.

— Você tem razão — disse Eugenia e lhe deu para despedida a mão, tão branca e fria como antes e como a neve.

Ao dar as costas para sair e desaparecer assim aqueles olhos, fontes de misteriosa luz espiritual, Augusto sentiu que a onda de fogo lhe percorria o corpo, o coração lhe martelava o peito e lhe parecia que a cabeça queria estalar.

— Você está se sentindo mal? — perguntou-lhe dom Fermín.

— Que menininha, meu Deus, que menininha! — exclamava dona Ermelinda.

— Admirável! Majestosa! Heroica! Uma mulher! Toda uma mulher! — dizia Augusto.

— Assim creio eu — acrescentou o tio.

— Perdoe, senhor dom Augusto, perdoe! — repetia a tia. — Esta menina é um pequeno ouriço. Quem iria pensar!

— Mas se estou encantado, senhora, encantado! Esta impetuosa independência de caráter, a mim, que não o tenho, é o que mais me entusiasma! Sim, é esta, esta, esta e não outra mulher a que eu necessito!

— Sim, senhor Pérez, sim — declamou o velho anarquista. — Esta é a mulher do porvir!

— E eu? — questionou dona Armelinda.

— Tu, a do passado! Eugenia é, digo, a mulher do porvir! Claro, não em vão ela esteve me ouvindo a dissertar um dia e outro sobre a sociedade do futuro e a mulher do porvir; não lhe inculquei as libertadoras doutrinas do anarquismo... sem bombas!

— Pois eu acredito — disse a tia de mau humor — que essa menina é capaz até de atirar bombas!

— E ainda que assim fosse... — insinuou Augusto.

— Isso não! Isso não! — retrucou o tio.

— E daí?

— Dom Augusto! Dom Augusto!

— Eu creio — acrescentou a tia — que nem mesmo com o que acaba de acontecer você deve transferir suas pretensões...

— Claro que não! Assim tem mais mérito!

— À conquista, então! E você já sabe que estamos do seu lado e pode vir a esta sua casa quantas vezes quiser, Eugenia querendo ou não.

— Mas, mulher, se ela não manifestou que lhe desagradam as vindas de Augusto!... Há que ganhá-la a punho, amigo, a punho! Você já a irá conhecendo e verá de que têmpera é. Esta é toda uma mulher, dom Augusto, e terá que ganhá-la a punho, a punho! Você não queria conhecê-la?

— Sim, mas...

— Entendido, entendido. À luta, pois, meu amigo!

— Certo, certo, e agora, adeus!

Dom Fermín chamou Augusto à parte, para lhe dizer:

— Ia me esquecendo de dizer que, quando escrever uma carta a Eugenia, escreva seu nome com J e não com G, Eujenia, e del Arco com K. Eujenia Domingo del Arko.

— Mas por quê?

— Porque até que não chegue o feliz dia em que o esperanto seja a única língua, uma só para toda a humanidade!, há que se escrever castelhano. Nada de C! com ortografia fonética. Guerra ao C! Za, ze, zi, zo, zu, com Z! E ka, ke, ki, ko, ku, com K! E fora com os H! O H é o absurdo, a reação, a autoridade, a idade média, o retrocesso! Guerra ao H!

— Então você é foneticista também?

— Também? Por que também?

— Porque é anarquista e esperantista...

— Tudo é um, senhor, tudo é um! Anarquismo, esperantismo, espiritismo, vegetarianismo, foneticismo... Tudo é um! Guerra à autoridade! Guerra à divisão de línguas! Guerra à vil matéria e à morte! Guerra à carne! Guerra ao H! Adeus!

Despediram-se, e Augusto saiu à rua como que aliviado de um grande peso e até gozoso. Nunca havia pressuposto o que lhe passava por dentro do espírito. Aquela maneira de Eugenia se apresentar a ele pela primeira vez que se viram quieto e de perto e que se falaram, longe de lhe doer, o incendiava mais ainda e o animava. O mundo lhe parecia maior, o ar mais puro e mais azul o céu. Era como se respirasse pela primeira vez. No mais íntimo de seus ouvidos cantava aquela palavra de sua mãe: "Te casa!". Quase todas as mulheres com que cruzava pela rua lhe pareciam bonitas, muitas formosíssimas e nenhuma feia. Dir-se-ia que, para ele, nascia um mundo iluminado por uma nova e misteriosa luz vinda de duas grandes estrelas invisíveis que refulgiam muito além do azul do céu, atrás de sua aparente abóbada. Começava a conhecer o mundo. E, sem saber como, se pôs a pensar na profunda fonte de confusão vulgar entre o pecado da carne e a queda de nossos primeiros pais por terem provado do fruto da árvore da ciência do bem e do mal.

E meditou na doutrina de dom Fermín sobre a origem do conhecimento.

Chegou em casa, e ao sair Orfeu para recebê-lo, pegou-o no colo, lhe acariciou, e disse: "Hoje começamos uma nova vida, Orfeu. Não sente que o mundo é maior, o ar mais puro e o céu mais azul? Ah, quando vê-la, Orfeu, quando conhecê-la!... Então você sentirá a angústia de não ser mais que cão, como eu sinto de não ser mais que homem. E, me diz, Orfeu, como podeis conhecer se não pecais, se vosso conhecimento não é pecado? O conhecimento, se não é pecado, não é conhecimento como tal, não é racional."

Ao servir-lhe a comida, sua fiel Liduvina ficou olhando para ele.

— Que tanto olha? — perguntou Augusto.

— Me parece que há mudança.

— E de onde você tirou isso?

— O senhor tem outra cara, senhorzinho.

— Acha?

— Naturalmente! E, então, se ajeitou com a pianista?

— Liduvina! Liduvina!

— Você tem razão, senhorzinho, mas me interessa tanto sua felicidade!

— Quem sabe o que é isso?

— É verdade...

E os dois olharam para o chão, como se o segredo da felicidade estivesse debaixo dele.

CAPÍTULO IX

No dia seguinte a este, Eugenia falava no reduzido casebre de uma portaria com um rapaz, quando a porteira saiu discretamente para tomar a fresca à porta da casa.

— Está na hora de acabar com isso, Mauricio — dizia Eugenia —; não podemos continuar assim, ainda mais depois que eu te disser o que aconteceu ontem.

— Mas você não disse — disse o chamado Mauricio — que esse pretendente é um pobre paspalho que vive no mundo da lua?

— Sim, mas tem dinheiro e minha tia não vai me deixar em paz. E, na verdade, não gosto de fazer mal e também não gosto que fiquem me dando dor de cabeça.

— Despacha ele!

— De onde? Da casa dos meus tios? E se eles não quiserem?

— Não lhe faça caso.

— Não faço nem penso em lhe fazer, mas já vejo que o infeliz vai florear de me visitar na hora em que eu estiver. Você sabe, não é coisa de ficar trancada em meu quarto e negar que me vejam, e sim me pedir para me dedicar a um mártir silencioso.

— Deixe que ele se dedique.

— Não, não posso resistir aos mendigos de nenhuma classe, e menos a esses que pedem esmola com o olhar. E se você visse que olhares me deita!

— Te comove?

— Me incomoda. E, a verdade, por que não te dizer?. Sim, me comove.

— E temes?

— Não seja pateta, homem! Não temo nada! Para mim só existe você.

— Eu já sabia! — disse Mauricio, cheio de convicção, e pousando a mão sobre o joelho de Eugenia a deixou ali.

— É preciso que você se decida, Mauricio.

— Decidir o quê, minha rica, o quê?

— O que há de ser, homem, o que há de ser? Que nos casemos de uma vez!

— E de que vamos viver?

— Do meu trabalho, até que você encontre um.

— Do teu trabalho?

— Sim, da odiosa música!

— Do teu trabalho? Isso é que não! Nunca! Nunca! Nunca! Tudo menos viver eu do teu trabalho! Procurarei. Seguirei procurando. Até lá, esperaremos...

— Esperaremos... esperaremos... e assim se irão nossos anos! — exclamou Eugenia batendo no chão com o pé sobre o qual estava o joelho em que Mauricio deixou descansar sua mão.

E ele, ao sentir sua mão assim sacudida, tirou-a de onde repousava, mas foi para lançar o braço sobre o ombro de Eugenia e começar a brincar entre os dedos com um dos brincos da noiva. Eugenia lhe deixava fazê-lo.

— Olha, Eugenia, para te divertir, você pode fazer, se quiser, boa cara para esse paspalho.

— Mauricio!

— Tem razão, não se zangue, minha rica. — E contraindo o braço trouxe a cabeça de Eugenia junto à sua, buscou com seus lábios os dela e os juntou, fechando os olhos, num beijo úmido, silencioso e demorado.

— Mauricio!

E logo o beijou nos olhos.

— Isso não pode continuar assim, Mauricio!

— Como? Há coisa melhor que isso? Acha que nunca passaremos melhor?

— Te digo, Mauricio, que isso não pode continuar assim. Você tem que arrumar trabalho. Odeio a música.

Sentia a pobre obscuramente, sem se dar conta clara disso, que a música é preparação eterna, preparação para um advento que nunca chega, eterna iniciação que não se materializa. Estava farta de música.

— Vou arrumar trabalho, Eugenia, vou arrumar.

— Você diz o mesmo, e sempre estamos no mesmo.

— É o que você pensa...?

— É que eu sei que, no fundo, você não é mais que um preguiçoso e que vai ser preciso que eu encontre um trabalho para você. Claro! Como para vocês homens custa menos esperar...

— Isso é o que você pensa...

— Sim, sim, sei bem o que digo. E agora repito: não quero ver os olhos suplicantes do senhorzinho dom Augusto como os de um cachorro faminto...

— Você pensa cada coisa, menina!

— E agora — disse Eugenia, se levantando e o afastando com sua mão — fique bem quietinho e tome bastante ar fresco, que te faz muita falta!

— Eugenia! Eugenia! — suplicou-lhe com uma voz seca, febril, nos ouvidos. — Se você quisesse...

— Quem tem que aprender a querer é você, Mauricio. Quer o quê? Seja homem! Busque trabalho, decida logo! Senão, eu trabalharei, mas decida logo. Caso contrário...

— Caso contrário, o quê?

— Nada! Tem que acabar com isso!

E sem deixar que ele replicasse, saiu do casebre da portaria. Ao cruzar com a porteira lhe disse:

— Aí fica seu sobrinho, dona Marta, diga a ele que se resolva de uma vez.

Eugenia saiu para a rua com a cabeça erguida, quando naquele momento um pequeno piano de manivela começava uma polca raivosa. "Horror! Horror! Horror!", se disse a menina, e, mais que se foi, fugiu rua abaixo.

CAPÍTULO X

Como Augusto necessitava confidência, dirige-se ao Cassino para ver Víctor, seu amigão, no dia seguinte àquela sua visita à casa de Eugenia e na mesma hora em que esta esporeava a preguiça amorosa de seu noivo na portaria.

Augusto sentia-se outro, como se aquela visita e a revelação nela da mulher forte — fortaleza fluía de seus olhos — lhe tivesse arado as entranhas da alma, iluminando nelas um manancial até então oculto. Pisava com mais força, respirava com mais liberdade.

"Já tenho um objetivo, uma finalidade nesta vida", se dizia, "que é conquistar essa menina ou que ela me conquiste, o que dá no mesmo. No amor dá no mesmo, vencer e ser vencido. Ainda que... não!... não!... Aqui, ser vencido é que me deixe pelo outro. Pelo outro, sim, porque há outro, não me cabe dúvida. Outro? Outro o quê? Por acaso sou o único? Sou um pretendente, um solicitante, mas o outro... O outro não me parece ser pretendente nem solicitante: não pretende nem solicita pois já obteve. Claro que nada mais que o amor da doce Eugenia... Nada mais?..."

Um corpo de mulher irradiante de frescura, de saúde e de alegria, que passou a seu lado, interrompeu seu solilóquio e o arrastou atrás de si. Pôs-se, então, a seguir, quase maquinalmente, aquele corpo, enquanto prosseguia soliloquizando.

"E que linda! Esta e aquela, uma e outra. E o outro acaso em vez de pretender e solicitar é pretendido e solicitado, talvez não lhe corresponda como ela merece... Mas que alegria é esta pequena! E com que graça cumprimenta aquele que vai por ali! De onde terá tirado esses olhos? São quase como os outros, os de Eugenia! Que doçura deve ser se esquecer da vida e da morte em seus braços! Deixar-se ninar neles como em ondas de carne! O outro!... Mas o outro não é noivo de Eugenia, não é aquele a quem ela quer; o outro sou eu! Sim, eu sou o outro, eu sou o outro!"

Ao chegar a esta conclusão de que ele era o outro, a pequena a quem seguia entrou em uma casa. Augusto ficou parado, olhando a casa. E então se deu conta de que a vinha seguindo. Relembrou que havia saído para ir ao Cassino e retomou o caminho deste. E prosseguia:

"Mas quantas mulheres lindas existem neste mundo, meu Deus! Quase todas. Obrigado, Senhor, obrigado; *gratias agimus tibi propter magnam gloriam tuam!*[18] A sua glória é a beleza da mulher, Senhor! Mas que cabeleira, meu Deus, que cabeleira."

Era, com efeito, uma gloriosa cabeleira a daquela empregada doméstica, que com sua cesta nos braços cruzava com ele naquele momento. E foi atrás dela. A luz parecia se aninhar no ouro daqueles cabelos; e como se esses lutassem para se libertar das tranças para se espalhar pelo ar fresco e claro do dia. E sob a vasta cabeleira, um rosto todo ele sorriso.

"Sou o outro, sou o outro!", prosseguiu Augusto enquanto seguia a da cesta; "mas será que não há outras? Sim, há outras para o outro! Mas como a uma, como ela, como a única, nenhuma! nenhuma! Todas essas não são senão arremedos dela, da uma, da única, da minha doce Eugenia! Minha? Sim, pelo pensamento, pelo desejo a faço minha. Ele, o outro, quer dizer, o um, poderá

18. "Nós vos damos graças por vossa imensa glória!" [N.T.]

chegar a possuí-la materialmente; porém a misteriosa luz espiritual daqueles olhos é minha, minha! minha! E estes cabelos de ouro também não refletem uma misteriosa luz espiritual? Há apenas uma Eugenia, ou são duas, uma minha e outra de seu noivo? Pois se é assim, se há duas, que ele fique com a sua, que com a minha vou ficar eu. Quando a tristeza me visitar, sobretudo à noite, quando eu sentir vontade de chorar sem saber por quê, oh, que doce haverá de ser cobrir meu rosto, minha boca, meus olhos, com estes cabelos dourados e respirar o ardor que através deles se filtre e se perfume! Mas..."

Sentiu-se detido de repente. A da cesta tinha parado para conversar com outra companheira. Augusto vacilou um momento e se dizendo: "Ah, há tantas mulheres lindas desde que conheci Eugenia...!", se pôs a andar, de volta a caminho do Cassino.

"Se ela se empenha em preferir o outro, isto é, o um, sou capaz de uma resolução heroica que há de espantar pela magnanimidade. Antes de mais nada, queira-me ou não me queira, isso da hipoteca não pode ficar assim!"

Arrancou-lhe do solilóquio um estalido de gozo que parecia brotar da serenidade do céu. Um par de beldades ria junto dele, e era sua risada como o gorjeio de pássaros em uma ramada de flores. Pregou por um momento seus olhos sedentos de formosura naquela parelha de mocinhas que lhe pareciam um só corpo geminado. Iam de bracinhos dados e Augusto teve furiosas ganas de detê-las, pegar cada uma por um braço, e se deixar ir assim, no meio delas, olhando o céu, para onde o vento da vida os levasse.

"Mas quanta mulher bonita apareceu desde que conheci Eugenia!", dizia-se, enquanto seguia aquela rente parelha. "Isso se converteu em um paraíso! Que olhos! Que cabeleira! Que riso! Uma é loira e a outra morena! Se confundem uma na outra!..."

— Está acordado ou dormindo, homem?

— Olá, Víctor.

— Te esperava no Cassino, mas como não vinha...

— Ia para lá...

— Para lá? Nessa direção? Está louco?

— É, tem razão. Mas, olha, vou te dizer a verdade. Acho que te falei de Eugenia...

— Da pianista? Sim.

— Pois bem, estou loucamente enamorado dela, enamorado como um...

— Sim, como um enamorado. Continua.

— Louco, rapaz, louco. Ontem a vi em sua casa, com pretexto de visitar seus tios; a vi...

— E te olhou, não é isso? E você acreditou em Deus?

— Não, não é que me olhou, é que me envolveu com seu olhar, e não é que acreditei em Deus, e sim que me acreditei um deus.

— Te entrou forte, rapaz...

— E isso porque a moça estava brava! Desde então não sei o que me acontece: quase todas as mulheres que vejo me parecem lindas, e desde que saí de casa, não faz nem meia hora ainda, já me enamorei por três, não, digo, por quatro: de uma, primeiro, que era toda olhos; de outra depois com uma glória de cabelo, e faz pouco por uma parelha, uma loira e outra morena, que riam como os anjos. E eu segui as quatro. Que é isso?

— Pois isso é, querido Augusto, que tua reserva de amor dormia inerte no fundo de tua alma, sem ter onde se meter; chegou Eugenia, a pianista, e sacudiu e remexeu com seus olhos esse reservatório em que seu amor dormia: este se despertou, brotou dela, e como é tão grande se estende por toda parte. Quando alguém como você se enamora de verdade por uma mulher, se enamora de vez por todas as outras.

— Eu acreditei que seria tudo o contrário... Mas, entre parênteses, veja que morena! É a noite luminosa! Bem dizem que o negro é o que mais absorve a luz! Não vê que luz oculta que se sente sob seu cabelo, sob o azeviche de seus olhos? Vamos segui-la...

— Como quiser...

— Pois sim, eu acreditei que seria tudo ao contrário, que quando alguém se enamora de verdade é que concentra seu amor, antes esparramado entre todas, em uma só; e que todas as demais hão de lhe parecer como se nada fossem nem valessem... Mas olha, olha esse golpe de sol na negrura dos cabelos dela!

— Não; vejamos, vejamos se consigo te explicar! Você estava enamorado por certo sem saber, enamorado de uma mulher, do abstrato, não dessa nem daquela; ao ver Eugenia, essa abstração se concretizou e a mulher se fez uma mulher e você se enamorou dela, e agora, sem a deixar, você vai dela a quase todas as mulheres, e se enamora da coletividade, do gênero. Você passou, portanto, do abstrato ao concreto e do concreto ao genérico, da mulher a uma mulher e de uma mulher às mulheres.

— Que metafísica!

— Mas o que é o amor senão metafísica?

— Homem!

— Sobretudo em você. Porque todo teu enamoramento não é senão cerebral, ou como se costuma dizer, de cabeça.

— Isso é o que você pensa! — exclamou Augusto, um pouco ofendido e de mau humor, pois aquilo de que seu enamoramento não era senão de cabeça lhe tinha chegado, doendo nele, ao fundo da alma.

— E se me irritar muito, te digo que você mesmo não passa de uma pura ideia, um ente de ficção...

— Então acredita que não sou capaz de me enamorar de verdade como os outros?

— Você está realmente enamorado, eu acredito, mas só de cabeça. Crê que está enamorado...

— E o que é alguém estar enamorado senão acreditar que está?

— Ai, ai, ai, rapaz, isso é mais complicado do que pensa!...

— Então, me diz, como se conhece quando alguém está enamorado e não só acredita estar?

— Olha, amigo, mais vale que deixemos disso e falemos de outras coisas.

Pouco depois, quando chegou a sua casa, Augusto pegou Orfeu nos braços e lhe disse: "Vamos ver, meu Orfeu, qual a diferença de estar alguém enamorado de acreditar que está? Eu estou ou não estou enamorado de Eugenia? Quando eu a vejo não me late o coração no peito e não me incendeia o sangue? Será que não sou como os outros homens? Tenho que mostrar, Orfeu, que sou como todos eles!".

Na hora do jantar, encarando Liduvina, perguntou:

— Diz, Liduvina, como se sabe que um homem está realmente enamorado?

— Mas que coisas você anda pensando, senhorzinho!...

— Vamos, diz, como se conhece?

— Bem, se conhece... Se conhece quando ele faz e diz muitas bobagens. Quando um homem se enamora de verdade, enlouquece, vamos dizer, por uma mulher, já não é um homem...

— O que é então?

— É... é... é... é uma coisa, um animalzinho... Ela faz dele o que quer.

— Então quando uma mulher se enamora de verdade de um homem, quando enlouquece, como você diz, o homem faz dela o que quer?

— O caso não é inteiramente igual...

— Como? Como?

— Isso é muito difícil de explicar, senhorzinho. Você está deveras enamorado?

— É o que trato de averiguar. Mas bobagens, das gordas, ainda não disse nem fiz nenhuma... eu acho...

Liduvina se calou e Augusto se disse: "Estarei realmente enamorado?".

CAPÍTULO XI

Quando tocou naquele outro dia na casa de dom Fermín e dona Ermelinda, a criada o levou para a pequena sala dizendo-lhe: "Aviso já." Ficou sozinho por um instante e como se estivesse no vazio. Sentia uma profunda opressão no peito. Apertava-o uma angustiosa sensação de solenidade. Sentou-se, mas logo se levantou e se entreteve olhando os quadros pendurados na parede, entre eles um retrato de Eugenia. Entraram-lhe ganas de começar a correr, de escapar. De repente, ao ouvir uns passos miúdos, sentiu um punhal de gelo lhe atravessar o peito e como uma bruma invadir a cabeça. A porta da sala se abriu e Eugenia entrou. O pobre se apoiou no encosto de uma poltrona. Ela, ao vê-lo lívido, empalideceu por um instante e ficou parada no meio da sala, e, em seguida, aproximou-se dele e disse numa voz seca e baixa:

— Que se passa com você, dom Augusto, está mal?

— Não, não é nada; que sei eu...

— Quer algo? Precisa de algo?

— Um copo d'água.

Eugenia, como quem agarra uma oportunidade, saiu do aposento e foi ela mesma buscar o copo d'água, que trouxe prontamente. A água tremia no copo, mas este tremeu mais ainda nas mãos de Augusto, que bebeu num gole, atropeladamente, derramando água pela barba, e sem tirar os olhos dos olhos de Eugenia.

— Se o senhor quiser — disse ela —, mandarei que lhe façam uma xícara de chá, ou de camomila ou de tília... Que aconteceu?

— Nada, não foi nada; obrigado, Eugenia, obrigado — e enxugava a água da barba.

— Bem, agora sente-se você — e quando estavam sentados ela prosseguiu: — eu lhe esperava qualquer dia desses e dei ordem à criada que ainda que meus tios não estivessem em casa, como acontece em algumas tardes, deixasse você entrar e me avisasse. Desse modo, desejava que falássemos a sós.

— Oh, Eugenia, Eugenia!

— Bom, vamos mais friamente. Nunca pude imaginar que seria tão grave; porque me deu medo quando entrei aqui; parecia um cadáver.

— E pode acreditar que eu estava mais morto do que vivo.

— Vai ser preciso que nos expliquemos.

— Eugenia! — exclamou e estendeu a mão, que recolheu rápido.

— Contudo me parece que você não está em condições de conversar tranquilamente, como bons amigos. Vejamos! — e pegou a mão dele para tomar o pulso.

E este começou a latir febril no pobre Augusto; ficou vermelho e lhe ardia a fronte. Os olhos de Eugenia lhe escureceram a vista, foram se apagando e ele não viu mais nada, a não ser uma névoa, uma névoa vermelha. Por um momento acreditou perder os sentidos.

— Tem compaixão, Eugenia, tem compaixão de mim!

— Você se acalme, dom Augusto, se acalme!

— Dom Augusto... dom Augusto... dom... dom...

— Sim, meu bom dom Augusto, se acalme e falemos tranquilamente.

— Mas me permita... — e colheu entre suas mãos a direita, aquela mão branca e fria como a neve, de dedos em forma de fusos, feita para acariciar as teclas do piano, para lhes arrancar doces arpejos.

— Como você quiser, dom Augusto.

Este levou a mão aos lábios e a cobriu de beijos que apenas amornaram a branca frialdade.

— Quando você acabar, dom Augusto, começaremos a falar.

— Mas olha, Eugenia, vem...

— Não, não, não, formalidade! — e desprendendo sua mão das dele prosseguiu: — Não sei que gênero de esperanças lhe fizeram conceber meus tios, ou melhor, minha tia; mas o caso é que me parece que você está enganado.

— Como enganado?

— Sim, devem ter lhe dito que tenho noivo.

— Eu sei.

— Eles lhe disseram isso?

— Não, ninguém me disse, mas eu sei.

— Então...

— Mas é que, Eugenia, eu não pretendo nada, que não busco nada, que nada peço; é que, Eugenia, eu me contento que me deixe vir de quando em quando para banhar meu espírito na luz destes teus olhos, me embriagar na brisa da sua respiração...

— Bem, dom Augusto, essas são coisas que se leem nos livros, deixemos disso. Não me oponho que você venha quantas vezes desejar, que me veja e me reveja, que fale comigo e até... como você já viu, até que me beije a mão, mas eu tenho um noivo, do qual estou enamorada e com o qual penso em me casar.

— Mas você está realmente enamorada dele?

— Que pergunta!

— E como sabe que está enamorada dele?

— Será que você ficou louco, dom Augusto?

— Não, não; digo isso porque meu melhor amigo me disse que há muitos que creem estar enamorados sem estar.

— Ele disse em relação a você, não é isso?

— Sim, disse isso sobre mim. Por quê?

— Porque no seu caso isso talvez seja verdade...

— Mas será que você acredita, será que acredita, Eugenia, que não estou deveras enamorado de você?

— Não fale tão alto, dom Augusto, a criada pode nos ouvir...

— Sim, sim — continuou se exaltando —, há quem me crê incapaz de me enamorar de verdade!...

— Espere um momento — interrompeu Eugenia e saiu deixando-o só.

Voltou em pouco tempo e com a maior tranquilidade lhe disse:

— Bem, dom Augusto, já está mais calmo?

— Eugenia! Eugenia!

Neste momento se ouviu chamar na porta e Eugenia disse:

— Meus tios!

Em minutos entravam estes na sala.

— Dom Augusto veio visitá-los e eu mesma abri a porta. Ele queria ir embora, mas pedi que ficasse, que não demorariam, e aqui está!

— Tempos virão — exclamou dom Fermín — em que se dissiparão todos os convencionalismos sociais! Estou convencido de que as cercas e os muros das propriedades privadas não são mais que incentivos para os que chamamos ladrões, quando os ladrões são os outros, os proprietários. Não há propriedade mais segura que aquela sem cercas nem muros, ao alcance de todo mundo. O homem nasce bom, é naturalmente bom; a sociedade o corrompe e perverte...

— Cale-se, homem — exclamou dona Ermelinda —, que assim não me deixa ouvir cantar o canário! Você não ouve, dom Augusto? É um encanto ouvi-lo! E precisava ouvir um canário que eu tive quando esta se punha a aprender suas lições de piano; se excitava, e quanto mais ela dava nas teclas, mais ele a cantar e mais cantar. Deve ter morrido disso, arrebentado...

— Até os animais domésticos são contagiados por nossos vícios! — completou o tio. — Até os animais que convivem conosco os arrancamos do santo estado da natureza! Oh, humanidade, humanidade!

— E você teve que esperar muito, dom Augusto? — perguntou a tia.

— Oh, não, senhora, não... Nada, nada, um momento, um relâmpago... Pelo menos assim me pareceu...

— Ah, vamos!

— Sim, tia, muito pouco tempo, mas o bastante para se recompor de uma ligeira indisposição que trouxe da rua...

— Como?

— Ah, não foi nada, senhora, nada!...

— Agora eu os deixo, tenho o que fazer — disse Eugenia, e dando a mão a Augusto se foi.

— E então, como vai isso? — perguntou a tia a Augusto assim que Eugenia saiu.

— Isso o quê?

— A conquista, naturalmente!

— Mal, muito mal! Me disse que já tem noivo e que há de se casar com ele.

— Eu não te disse, Ermelinda, eu não te disse?

— Pois não, não e não, não pode ser! Isso do noivo é uma loucura, dom Augusto, uma loucura!

— Mas, senhora, e se ela está enamorada dele?...

— É o que eu digo — disse o tio —, é o que eu digo! A liberdade! A santa liberdade! A liberdade de escolha!

— Eu digo não, não e não! Por acaso essa mocinha sabe o que faz?... Desprezar você, dom Augusto, você! Isso não pode ser!

— Mas, senhora, reflita, pense bem... Não se pode, não se deve violentar assim a vontade de uma jovem como Eugenia... Se trata de sua felicidade, e devemos todos prezar essa felicidade e até mesmo nos sacrificar para que ela a consiga...

— Você, dom Augusto, você!

— Eu, sim, eu, senhora! Estou disposto a me sacrificar pela felicidade de Eugenia, de sua sobrinha, porque minha felicidade consiste em que ela seja feliz!

— Bravo! — exclamou o tio. — Bravo! Bravo! Eis aqui um herói! Eis aqui um anarquista... místico!

— Anarquista? — disse Augusto.

— Anarquista, sim. Pois meu anarquismo consiste nisso, precisamente nisso, em que cada qual se sacrifique pelos demais, em que um seja feliz fazendo felizes os outros, em que...

— Pois muito bem, Fermín, logo você que não admite que a sopa atrase sequer dez minutos depois das doze!

— Bom, é que você já sabe, Ermelinda, que meu anarquismo é teórico... Me esforço para chegar à perfeição, mas...

— E a felicidade também é teórica! — exclamou Augusto, compungido e como quem fala consigo mesmo, e logo: — Decidi me sacrificar pela felicidade de Eugenia e pensei em um ato heroico.

— Qual?

— A senhora não me disse certa vez que a casa deixada a Eugenia por seu desgraçado pai...

— Sim, meu pobre irmão...

— ... está onerada por uma hipoteca que leva todas as suas rendas?

— Sim, senhor.

— Pois bem, eu sei o que hei de fazer! — e dirigiu-se à porta.

— Mas, dom Augusto...

— Augusto se sente capaz das determinações mais heroicas, dos mais heroicos sacrifícios. E agora se saberá se está enamorado apenas de cabeça ou está também de coração, se é que acredita estar enamorado sem estar. Eugenia, senhores, me despertou para a vida, para a verdadeira vida, e, seja ela de quem for, eu lhe devo gratidão eterna. E agora, adeus!

E saiu solenemente. E nem bem havia saído, gritou dona Ermelinda:

— Menina!

CAPÍTULO XII

— Senhorzinho — entrou no dia seguinte Liduvina, dizendo: —, a passadeira está aí!

— A passadeira? Ah, sim, que entre.

Entrou então a garota carregando o cesto com as roupas passadas de Augusto. Ficaram se olhando, e ela, a pobre, sentiu que seu rosto se incendiava, pois isso jamais havia acontecido naquela casa nas tantas vezes em que ali entrou. Parecia antes como se o senhorzinho nem a tivesse visto, o que, ela que acreditava se conhecer, a mantinha inquieta e desgostosa. Não fixar nela! Não a olhar como a olhavam os outros homens! Não a devorar com os olhos, ou melhor, não a lamber com os dele os dela e a boca e a cara toda!

— O que te acontece, Rosario, porque acho que te chamas assim, não?

— Sim, assim me chamo!

— O que te acontece?

— Por quê, senhor Augusto?

— Nunca te vi assim corada. E além disso me parece outra.

— Quem me parece que é outro é você...

— Pode ser... pode ser... Mas vem, chega aqui.

— Deixe de brincadeiras e vamos cuidar dos negócios...

— Brincadeiras? Mas você acha que é brincadeira? — lhe disse Augusto com voz mais séria. — Chegue mais perto para que eu te veja melhor.

— Sim, mas já não me viu outras vezes?

— Sim, mas até agora não havia me dado conta de que fosse tão bonita como é...

— Vamos, vamos, senhor, não zombe de mim... — e lhe ardia a cara.

— E agora, com essas cores, tal qual o sol...

— Vamos...

— Vem cá, vem. Tu deves pensar que o senhor Augusto ficou louco, não é mesmo? Mas não, não é isso, não! É que ele esteve até agora, ou dizendo melhor, ele esteve até agora tonto, tonto de tudo, perdido em uma névoa, cego... Não faz senão pouco tempo que me abriram os olhos. Você sabe, tantas vezes você entrou nesta casa e eu te olhava e não te via... É, Rosario, como se não tivesse vivido, o mesmo que não tivesse vivido... Estava tonto, tonto... Mas, o que acontece com você, garota, que há?

Rosario, que teve que se sentar em uma cadeira, escondeu a cara entre as mãos e desatou a chorar. Augusto se levantou, fechou a porta e voltou-se para a garota, e lhe pondo a mão sobre o ombro lhe disse, com sua voz mais úmida e mais quente, bem baixo:

— Garota, o que está acontecendo? O que é isso?

— Com essas coisas você me faz chorar, dom Augusto...

— Anjo de Deus!

— Não me diga essas coisas, dom Augusto.

— Como não dizer, Rosario? Sim, vivi cego, tonto, até a chegada de uma mulher, entende, outra, e me abriu os olhos e vi o mundo e sobretudo aprendi a ver vocês, as mulheres...

— E essa mulher... seria alguma mulher má...

— Má? Você disse má? Você sabe o que disse, Rosario, sabe o que disse? Sabe o que é ser mau? O que é ser mau? Não, não,

não, essa mulher é, como você, um anjo; mas essa mulher não me quer... não me quer... não me quer... — e ao dizer isso a voz se quebrou, e os olhos se embaçaram de lágrimas.

— Pobre dom Augusto!

— Sim, tu o disseste, Rosario, tu o disseste! Pobre dom Augusto! Mas, Rosario, tire o *dom* e repita: pobre Augusto! Vamos, diz: pobre Augusto!

— Mas, senhor...

— Vamos, diz: pobre Augusto!

— Se você insiste... Pobre Augusto!

Augusto sentou-se.

— Venha cá — lhe disse.

Ela se levantou qual movida por mola, como uma hipnótica sugestionada, com a respiração ofegante. Ele a pegou e sentou-a sobre seus joelhos, apertou-a fortemente contra seu peito, e tendo sua face apertada contra a face da garota, que pegava fogo, explodiu dizendo:

— Ai, Rosario, Rosario, eu não sei o que acontece comigo, não sei o que será de mim! Essa mulher que você disse que é má, sem conhecer, me cegou ao me dar a vista. Eu não vivia e agora vivo, mas agora que vivo é quando sinto o que é morrer. Tenho que me defender dessa mulher, tenho que me defender de seu olhar. Você vai me ajudar, Rosario, vai me ajudar a me defender dela?

Um sim! tenuíssimo, com um sussurro que parecia vir de outro mundo, roçou o ouvido de Augusto.

— Já não sei o que acontece comigo, Rosario, nem o que digo, nem o que faço, nem o que penso. Não sei se estou ou não enamorado dessa mulher, dessa mulher que você chama de má...

— É que eu, dom Augusto...

— Augusto, Augusto.

— É que eu, Augusto...

— Bom, cale-se, basta — e fechava os olhos. — Não diga nada, deixe-me falar sozinho, comigo mesmo. Tenho vivido assim desde a morte de minha mãe, comigo mesmo, nada mais que comigo, isto é, adormecido. E não tenho sabido o que é dormir acompanhado, dormir dois um mesmo sonho. Dormir juntos! Não estar juntos dormindo cada qual seu sonho, não!, e sim dormir juntos o mesmo sonho! E se eu e você, Rosario, dormíssemos juntos o mesmo sonho?

— E essa mulher... — começou a pobre garota, tremendo entre os braços de Augusto e com lágrimas na voz.

— Essa mulher, Rosario, não me quer... não me quer... não me quer... Mas ela me ensinou que há outras mulheres, por ela eu soube que há outras mulheres... E alguma poderá me querer... quem sabe você poderá me querer. Me quererás tu, Rosario, me diz, me quererás tu? — e a apertava como louco contra seu peito.

— Creio que sim... que lhe quererei...

— Que te quererei, Rosario, que te quererei!

— Que te quererei...

— Assim, assim, Rosario, assim! Eh!

Naquele momento a porta se abriu, apareceu Liduvina e, exclamando "Ah!", voltou a fechá-la. Augusto se perturbou muito mais que Rosario, a qual, pondo-se rapidamente de pé, arrumou os cabelos, sacudiu o corpo e com uma voz entrecortada disse:

— Bom, senhor, vamos acertar a conta?

— Sim, você tem razão. Mas vai voltar, eh!, vai voltar.

— Sim, vou voltar.

— E me perdoa tudo? Me perdoa?

— Lhe perdoar o quê?

— Isto, isto... Foi uma loucura. Me perdoa?

— Não tenho nada que lhe perdoar, senhorzinho. O que deve fazer é não pensar nessa mulher.

— E você, vai pensar em mim?

— Vai, tenho que ir.

Acertaram a conta e Rosario se foi. E assim que saiu, entrou Liduvina.

— Outro dia você não me perguntava, senhorzinho, como se sabe se um homem está ou não enamorado?

— Perguntei.

— E lhe disse que faz ou diz bobagens. Pois bem, agora eu posso lhe assegurar que você está enamorado.

— Mas por quem? Por Rosario?

— Por Rosario? Qual o quê! Pela outra!

— E de onde você tirou isso, Liduvina?

— Ah! Você esteve dizendo e fazendo com essa o que não pode dizer nem fazer com a outra.

— Acha mesmo isso?

— Não, não, se já não suponho que tenha chegado às vias de fato; porém...

— Liduvina, Liduvina!

— Como você quiser, senhorzinho.

O pobre foi se deitar com a cabeça excitada. Ao atirar-se na cama, a cujos pés Orfeu dormia, se dizia: "Ai, Orfeu, Orfeu, isso de dormir só, só, só, de dormir um sonho só! O sonho de um só é a ilusão, a aparência. O sonho de dois já é a verdade, a realidade. Que é o mundo real senão o sonho que sonhamos todos, o sonho comum?".

E caiu no sono.

CAPÍTULO XIII

Poucos dias depois disso, Liduvina entrou uma manhã no quarto de Augusto lhe dizendo que uma senhorita perguntava por ele.

— Uma senhorita?

— Sim, ela, a pianista?

— Eugenia?

— Sim, Eugenia. Decididamente você não é o único que ficou louco.

O pobre Augusto começou a tremer. Sentia-se um réu. Levantou-se, lavou-se depressa, vestiu-se e foi disposto a tudo.

— Já sei, senhor dom Augusto — lhe disse solenemente Eugenia quando o viu —, que você comprou minha dívida do credor, que está em seu poder a hipoteca da minha casa.

— Não o nego.

— E com que direito fez isso?

— Com o direito, senhorita, que tem todo o cidadão de comprar o que bem entenda e seu possuidor queira vender.

— Não quero dizer isso, e sim para que a comprou?

— Porque me doía vê-la depender assim de um homem a quem você talvez seja tão indiferente e que eu suspeito não ser mais que um traficante sem entranhas.

— Isto é, que você pretende que eu dependa de você, já que não lhe sou indiferente...

— Oh, isso nunca! Nunca, nunca! Nunca, Eugenia, nunca! Eu não busco que você dependa de mim. Você me ofende só em supor isso. Você vai ver — e a deixando sozinha saiu agitadíssimo.

Voltou em pouco tempo trazendo uns papéis.

— Aqui estão, Eugenia, os documentos que abonam sua dívida. Pegue-os e faça deles o que quiser.

— Como?

— Sim, que renuncio a tudo. Comprei para isso.

— Eu sabia, e por isso lhe disse que você pretende senão fazer que eu dependa de você. Você quer me atar pela gratidão! Você quer me comprar!

— Eugenia! Eugenia!

— Sim, você quer me comprar! Você quer me comprar! Você quer comprar... Não meu amor, que esse não se compra, mas sim meu corpo!

— Eugenia! Eugenia!

— Isto é, ainda que você não creia, uma infâmia, nada mais que uma infâmia!

— Eugenia, por Deus, Eugenia!

— Você não se aproxime mais, que não respondo por mim!

— Pois bem, sim, me aproximo. Me bate, Eugenia, me bate. Me insulta, cospe em mim, faz de mim o que quiser!

— Você não merece nada! — e Eugenia se levantou. — Vou embora, mas saiba que não aceito sua esmola ou sua oferta! Trabalharei mais que nunca, farei com que meu noivo trabalhe, meu futuro marido, e viveremos. E enquanto isso, fique você com minha casa!

— Mas eu não me oponho, Eugenia, que você se case com esse noivo que diz!

— Como? Como? Vamos ver!

— Sim, eu não fiz isso para que você, atada pela gratidão, conceda me tomar por marido!... Eu renuncio à minha própria felicidade, melhor dizendo, minha felicidade consiste em que você seja feliz e nada mais, que você seja feliz com o marido que livremente escolha!...

— Ah, já, já desmaio! Você se reserva o papel de vítima heroica, de mártir! Fique você com a casa, lhe digo! Lhe dou de presente!

— Mas, Eugenia, Eugenia...

— Chega!

E sem mais olhar para ele, aqueles dois olhos de fogo desapareceram.

Augusto ficou um momento fora de si, sem dar-se conta de que existia, e quando sacudiu a névoa de confusão que o envolvera, pegou seu chapéu e se lançou à rua, a errar sem destino. Ao passar próximo a uma igreja, San Martín, entrou nela, quase sem se dar conta do que fazia. Não viu ao entrar senão o resplendor moribundo de uma lamparina que ardia em frente ao altar-mor. Pareceu-lhe respirar obscuridade, olor de velhice, a tradição defumada em incenso, a lar de séculos, e andando quase às apalpadelas sentou-se em um banco. Deixou-se cair mais do que sentou. Sentia-se cansado, mortalmente cansado e era como se toda aquela obscuridade, toda aquela velhice que respirava lhe pesassem sobre seu coração. De um sussurro que parecia vir de longe, de muito longe, emergia, de quando em quando, uma tosse contida. Lembrou-se de sua mãe.

Fechou os olhos e voltou a sonhar com aquela casa doce e morna, em que a luz entrava por entre as flores brancas bordadas nas cortinas. Voltou a ver sua mãe, indo e vindo sem ruído, sempre de negro, com aquele seu sorriso que era uma borra de lágrimas. E repassou toda sua vida de filho, quando fazia parte de sua mãe e vivia sob seu amparo, e aquela morte lenta e grave, doce e indolor da pobre senhora, quando se foi como uma ave peregrina que empreende sem ruído o voo. Depois recordou ou ressonhou o encontro com Orfeu, e em pouco tempo se encontrou consumido em um estado de espírito em que passavam diante dele, em cinematógrafo, as mais estranhas visões.

Junto a ele, um homem sussurrava rezas. O homem levantou-se para sair e ele o seguiu. À saída da igreja, aquele homem molhou os dedos indicador e médio da mão direita na pia batismal e ofereceu água benta a Augusto, persignando-se depois. Encontraram-se no portão de ferro.

— Dom Avito! — exclamou Augusto.

— O próprio, Augustinho, o próprio!

— Mas você por aqui?

— Sim, eu por aqui. A vida ensina muito, e mais a morte. Ensinam mais, muito mais, que a ciência.

— Mas e o candidato a gênio?

Dom Avito Carrascal lhe contou a lamentável história de seu filho[19], e concluiu dizendo:

— Vê você, Augustinho, como cheguei a isso...

Augusto calava olhando o chão. Iam pela Alameda.

— Sim, Augusto, sim — prosseguiu dom Avito —; a vida é a única mestra da vida; não há pedagogia que valha. Só se aprende a viver vivendo, e cada homem tem que recomeçar o aprendizado da vida de novo...

— E o trabalho das outras gerações, dom Avito, o legado dos séculos?

— Não há mais que dois legados: o das ilusões e o dos desenganos, e ambos só se encontram onde nos encontramos faz poucotempo: no templo. Tenho certeza que o que te levou até ali foi ou uma grande ilusão ou um grande desengano.

— As duas coisas.

— As duas coisas. Porque a ilusão, a esperança, engendram o desengano, a lembrança, e o desengano, a lembrança, engendram, por sua vez, a ilusão, a esperança. A ciência é realidade, é presente,

19. História que contei em minha novela *Amor y pedagogía*. [N.A.]

querido Augusto, e eu já não posso viver de nada presente. Desde que meu pobre Apolodoro, minha vítima — e ao dizer isso lhe chorava a voz —, morreu, isto é, se matou, já não há presente possível, não há ciência nem realidade que valham para mim; não consigo viver, senão lembrando dele ou esperando por ele. E fui parar neste lar de todas as ilusões e de todos os desenganos: a igreja!

— Então agora você crê?

— Que sei eu!...

— Mas você não crê?

— Não sei se creio ou não creio; sei que rezo. E não sei bem o que rezo. Somos uns poucos que ao anoitecer nos reunimos aí para rezar o rosário. Não sei quem são, nem eles me conhecem, porém nos sentimos solidários, em íntima comunhão uns com os outros. E agora penso que, à humanidade, maldita a falta que lhe fazem os gênios.

— E sua mulher, dom Avito?

— Ah, minha mulher! — exclamou Carrascal, e uma lágrima que lhe assomou a um olho pareceu lhe irradiar luz interna. — Minha mulher! Eu a descobri! Até acontecer aquela tremenda desgraça não sabia o que tinha nela. Só penetrei no mistério da vida quando, nas terríveis noites que se sucederam ao suicídio de meu Apolodoro, reclinava minha cabeça no peito dela, da mãe, e chorava, chorava, chorava. E ela, passando docemente a mão pela minha cabeça, dizia: "Meu pobre filho! Meu pobre!". Nunca, nunca foi mais mãe que agora. Jamais cri ao fazê-la mãe, e como?, nada mais que para que me desse a matéria-prima do gênio... Jamais cri ao fazê-la mãe que como tal a necessitaria para mim um dia. Porque eu não conheci minha mãe, Augusto, não a conheci; eu não tive mãe, não sabia o que é ter uma até que, ao perder minha mulher a meu filho, sentiu-se minha mãe. Você conheceu sua mãe, Augusto, a excelente dona Soledad; senão, eu aconselharia que você se casasse.

— Sim, a conheci, dom Avito, mas a perdi, e na igreja estava me lembrando dela...

— Pois se quer voltar a tê-la, case-se, Augusto, case-se!

— Não, aquela não, aquela, não voltarei a ter.

— É verdade, mas case-se!

— Mas como? — acrescentou Augusto com um sorriso forçado e lembrando-se do que havia ouvido de uma das doutrinas de dom Avito: — Como? Dedutiva ou indutivamente?

— Deixe dessas coisas agora, Augusto! Por Deus, não me lembre de tragédias! Mas, enfim, se é para seguir teu humor, case-se intuitivamente!

— E se a mulher a quem quero não me quer?

— Case-se com a mulher que o queira, ainda que você não a queira. É melhor casar-se para que te conquistem o amor que para conquistá-lo. Busca uma que te queira.

Pela mente de Augusto passou em rapidíssima visão a imagem da garota passadeira.

Quando afinal Augusto se despediu de dom Avito, dirigiu-se ao Cassino. Queria despejar a névoa de sua cabeça e a de seu coração jogando uma partida de xadrez com Víctor.

CAPÍTULO XIV

Augusto notou que havia algo de insólito em seu amigo Víctor. Não acertava nenhuma jogada, estava displicente e silencioso.

— Víctor, algo te preocupa...

— Sim, homem, sim; me acontece uma coisa grave... Preciso desabafar, vamos caminhar; a noite está muito bonita. Vou te contar.

Víctor, ainda que o mais íntimo amigo de Augusto, era cinco ou seis anos mais velho e estava casado havia mais de doze, pois contraiu matrimônio sendo muito jovem, por dever de consciência, segundo diziam. Não tinha filhos.

Quando estavam na rua, Víctor começou:

— Você sabe, Augusto, que tive que me casar muito jovem...

— Que teve que casar?

— Sim, vamos, não faz cara de surpresa, que o murmurinho chega a todos. Nossos pais, os meus e os de Elena, nos casaram quando éramos umas crianças. E o casamento foi para nós uma brincadeira. Brincávamos de marido e mulher. Mas aquilo foi um alarme falso...

— O que é que foi um alarme falso?

— O motivo pelo qual nos casaram. Pudibundezas de nossos respectivos pais. Souberam de um deslize nosso, que teve seu farelo de escândalo, e sem esperar para ver que consequências teria, se é que as teria, nos casaram.

— Fizeram bem.

— Eu não diria tanto. Mas o caso foi que aquele deslize não teve qualquer consequência, nem as tiveram os consequentes deslizes de depois de casados.

— Deslizes?

— Sim, em nosso caso não eram senão deslizes. Nos deslizávamos. Já te disse que brincávamos de marido e mulher...

— Homem!

— Não, não seja demasiado malicioso. Éramos, e ainda somos, jovens para nos perverter. Mas o menos que pensávamos era em constituir um lar. Éramos apenas dois jovens que viviam juntos fazendo isso que se chama vida marital. Mas passou o ano e ao ver que não vinha fruto começamos a ficar de zanga, a nos olhar de banda, a nos incriminar mutuamente em silêncio. Eu não me conformava em não ser. Era um homem já, tinha mais de 21 anos, e, francamente, isso de que eu fosse menos que outros, menos que qualquer bárbaro que em nove meses exatos de casado, ou antes, tem seu primeiro filho... A isto não me resignava.

— Mas, homem, que culpa...?

— E claro, eu, ainda que sem dizer, deitava a culpa nela, e me dizia: "Essa mulher é estéril e te põe em ridículo." E ela, de sua parte, não me cabia dúvida, me culpava a mim, e até supunha, que sei eu...

— Supunha o quê?

— Nada, que quando se passa um ano e outro e outro e o casal não tem filhos, a mulher começa a pensar que a culpa é do marido, porque ele não entrou são no casamento, que levou qualquer doença... O caso é que nos sentíamos inimigos um do outro; que o demônio tinha entrado em nossa casa. E enfim o tal demônio explodiu e chegaram as recriminações mútuas e aquilo de "você não presta" e "quem não presta é você", e tudo o mais.

— Será por isso que teve uma temporada, uns dois ou três anos depois de você ter se casado, em que você andou tão mal, tão preocupado, neurastênico, quando teve que ir sozinho para aquele sanatório?

— Não, não foi isso... foi coisa pior.

Houve um silêncio. Víctor olhava o chão.

— Bem, bem, guarda isso; não quero abrir segredos.

— Pois seja, vou te dizer! Foi que exacerbado por aquelas querelas intestinas com minha pobre mulher, cheguei a me imaginar que a questão dependia não da intensidade do que fosse, mas do número, me entende?

— Sim, acho que te entendo...

— E dei em me dedicar a comer como um bárbaro o que cri mais substancioso e nutritivo e bem temperado com todo gênero de especiarias, em especial aquelas que passam por afrodisíacas, e a frequentar o mais possível a minha mulher. E, claro...

— Ficou enfermo...

— Natural! E se não acudo a tempo, se não entramos de acordo, me empacoto para o outro mundo. Mas me curei daquilo em ambos os sentidos, voltei para minha mulher e nos acalmamos e resignamos. E pouco a pouco em nossa casa voltou a reinar não só a paz, mas até a felicidade. No princípio dessa nova vida, aos quatro ou cinco anos de casados, lamentávamos uma ou outra vez nossa solidão, mas bem rápido não só nos consolamos como nos habituamos. E acabamos não só por achar de menos ter filhos e até a nos compadecer dos que os têm. Nos habituamos um ao outro, nos fizemos um o costume do outro. Você não entende isso...

— Não, não entendo.

— Pois bem, eu me fiz um costume de minha mulher, e Elena se fez um costume meu. Tudo estava moderadamente regularizado em nossa casa, tudo, o mesmo para as comidas. Ao meio-dia em ponto, nem um minuto a mais nem um minuto a menos, a sopa na mesa, e de tal modo que comemos todos os dias quase as mesmas coisas, na mesma ordem e na mesma quantidade. Aborrece-me a mudança e a Elena também aborrece. Em minha casa se vive no tique-taque.

— Ora, isso me lembra o que diz nosso amigo Luis do casal Romera, que costuma dizer que são marido e mulher solteirões.

— Realmente, porque não há solteirão mais solteirão e recalcitrante que o casado sem filhos. Uma vez, para suprir a falta de filhos, que ao fim e ao cabo nem em mim não havia morrido o sentimento da paternidade nem menos o da maternidade nela, adotamos, ou se quiser, perfilhamos um cachorro; mas um dia, ao vê-lo morrer à nossa vista, por causa de um osso que lhe atravessou a garganta, e ver aqueles pequenos olhos úmidos que pareciam nos suplicar vida, nos entrou uma pena e um horror tal que não quisemos mais cachorros nem coisa viva. E nos contentamos com umas bonecas, umas grandes bonecas de cartão, que são as que você viu em casa, e que minha Elena veste e despe.

— Essas não morrerão para vocês.

— Isso mesmo. Estávamos contentíssimos e tudo ia muito bem. Não me perturbam o sono choros de menino, nem tinha que me preocupar se seria varão ou fêmea, e o que fazer dele ou dela... E, além do mais, sempre tive minha mulher à minha disposição, comodamente, sem os estorvos das gravidezes nem de lactâncias; um encanto de vida, enfim!

— Sabe que isso pouco ou nada se diferencia...?

— De quê? De um arrimo ilegal? Creio que sim. Um casamento sem filhos pode chegar a se converter em uma espécie de concubinato legal, muito bem ordenado, muito higiênico, relativamente casto, mas, por fim, está dito! Marido e mulher solteirões, mas solteirões arrimados, claro. E assim transcorreram estes mais de onze anos, vão para doze... Mas agora... Sabe o que me acontece?

— Mas, homem, como vou saber?

— Mas não sabe o que me acontece?

— Não me diga que você engravidou sua mulher...

— Isso, homem, isso! Imagine que desgraça!

— Desgraça? Mas não era o que vocês desejavam tanto?...

— Sim, no início, nos dois ou três primeiros anos, pouco mais. Mas agora, agora... O demônio voltou à casa, voltaram as discussões. Se antes cada um de nós culpava o outro pela esterilidade da união, agora cada um culpa por isso que está por vir. E já começamos a chamá-lo de... não, não te digo...

— Pois não me diga se não quer.

— Começamos a chamá-lo de o intruso! E eu sonhei que ele nos morria uma manhã com um osso atravessado na garganta...

— Que barbaridade!

— Sim, tem razão, uma barbaridade. E adeus regularidade, adeus comodidade, adeus costumes! Contudo ontem Elena com vômitos; parece que é uma dessas moléstias anexas ao estado que chamam de... Interessante! Interessante! Interessante! Que interesse! De vômito! Já viu algo mais indecoroso, mais sujo?

— Mas ela deve estar gozosíssima de se sentir mãe!

— Ela? Como eu! Isto é uma trapaça da providência, da natureza ou de quem seja, uma zombaria. Se tivesse vindo... o nenê ou a nenê, se tivesse vindo quando, inocentes pombos prenhes, mais que de amor paternal, de vaidade, o esperávamos; se tivesse vindo quando acreditávamos que não ter filhos era ser menos que outros; se tivesse vindo naquele momento, santo e tão bom! Mas agora, agora? Te digo que isso é uma zombaria! Se não fosse por...

— Quê, homem, o quê?

— Eu te daria de presente para que fizesse companhia a Orfeu.

— Homem, te acalma, e não diga disparates...

— Tem razão, Augusto, disparato. Me perdoa. Mas, te parece bem, depois de quase doze anos, quando tudo nos ia tão bem, quando estávamos curados da ridícula vaidade dos recém-casados, nos vir isto? É claro, vivíamos tão tranquilos, tão seguros, tão confiados!

— Homem, homem!

— Tem razão, sim, tem razão. E o mais terrível é que, você nem imagina, minha pobre Elena não pode se defender do sentimento de ridículo que a assalta. Se sente ridícula!

— Pois não vejo...

— Não, tampouco eu o vejo, mas é assim; se sente ridícula. E faz tais coisas que chego a temer pelo... intruso... ou intrusa.

— Homem! — exclamou Augusto, alarmado.

— Não, não, Augusto, não! Não perdemos o sentido moral, e Elena, que é, como você sabe, profundamente religiosa, acata, ainda que resmungando, os desígnios da providência e se resigna a ser mãe. E será uma boa mãe, não tenho dúvida disso, muito boa mãe. Mas é tão grande o sentimento de ridículo nela que, para ocultar seu estado, para encobrir sua gravidez, acredito que ela seja capaz de coisas que... Enfim, não quero nem pensar nisso. Por enquanto, já faz uma semana que não sai de casa; diz que lhe dá vergonha, que imagina que todos ficarão olhando para ela na rua. E já fala em nos mudarmos, que se ela tem de sair para tomar sol e ar fresco quando a gravidez avançar, não fará isso onde haja pessoas que a conheçam e que por acaso venham lhe felicitar por isso.

Por um momento os dois amigos se calaram, e depois que o breve silêncio rematou o relato, Víctor disse:

— Então, Augusto, anda e te casa, para que acaso te aconteça algo parecido; anda e te casa com a pianista!

— E quem sabe?... — disse Augusto, como quem fala consigo mesmo. — Quem sabe?... Talvez casando voltarei a ter uma mãe...

— Mãe? Sim — acrescentou Víctor —, de seus filhos! Se os tiver...

— E mãe minha também! Talvez agora, Víctor, tenha em tua mulher uma mãe, uma mãe tua.

— O que vou começar agora é a perder noites...

— Ou a ganhá-las, Víctor, ou a ganhá-las!

— Enfim, não sei o que acontece, nem o que nos acontece. E eu creio que chegaria a me resignar; porém minha Elena, minha pobre Elena... Pobrezinha!

— Vê? Já está começando a se compadecer dela!

— Enfim, Augusto, que pense muito antes de te casar!

E ali se separaram.

Augusto entrou em sua casa com a cabeça cheia de quanto tinha ouvido de dom Avito e de Víctor. Quase não se lembrava mais nem de Eugenia, nem da hipoteca quitada, nem da garota passadeira.

Quando entrou em casa, Orfeu veio saltando para recebê-lo, Augusto o pegou, lhe afagou bem o gasganete, e apertando-o contra o peito disse: "Cuidado com os ossos, Orfeu, muito cuidadinho com os ossos, hein? Não quero que engasgue com um. Não quero te ver morrer diante dos meus olhos me suplicando vida. Vê você, Orfeu, dom Avito, o pedagogo, converteu-se à religião de seus avós... é a herança! E Víctor não se resigna a ser pai. Aquele não se consola de ter perdido seu filho e este não se consola em ter um. E que olhos, Orfeu, que olhos! Como lhe fulguravam quando me disse: 'Você que me comprar! Você não quer comprar meu amor, porque este não se compra, mas sim meu corpo! Fique com minha casa!'. Comprar seu corpo, eu?... Seu corpo?... Se me sobra o meu, Orfeu, se me sobra o meu! O que eu necessito é alma, alma, alma. E uma alma de fogo, como a que irradia dos olhos dela, de Eugenia. Seu corpo!... seu corpo!... Sim, seu corpo é magnífico, esplêndido, divino; mas é que seu corpo é alma, alma pura, é todo ele vida, ele todo significação, todo ele ideia! A mim me sobra o corpo, Orfeu, me sobra o corpo porque me falta a alma. Ou não será que me falta alma porque me sobra corpo? Eu me toco o corpo, Orfeu, me apalpo, me vejo... mas a alma? onde está minha alma? será que tenho uma? Só a senti ofegar quando tive aqui abraçada, sobre meus joelhos, a Rosario, a pobre Rosario; quando ela chorava e chorava eu. Aquelas lágrimas não podiam sair de meu corpo; saíam de minha alma. A alma é um manancial que só se revela em lágrimas. Até que se chore de verdade não se sabe se se tem ou não alma. E agora vamos dormir, Orfeu, se é que nos deixam."

CAPÍTULO XV

— Mas o que você fez, menina? — perguntou dona Ermelinda a sua sobrinha.

— Que fiz? O que você, se é que tem vergonha, teria feito no meu caso; estou segura disso. Querer me comprar? Querer me comprar a mim?

— Olhe, menina, é sempre muito melhor que queiram comprá-la do que queiram vendê-la, não tenha dúvida.

— Querer me comprar? Querer me comprar a mim?

— Mas não é isso, Eugenia, não é isso. Fez por generosidade, por heroísmo...

— Não quero heróis. Isto é, os que procuram ser. Quando o heroísmo vem por si, naturalmente, bom, mas por cálculo! Querer me comprar? Querer me comprar a mim, a mim? Lhe digo a você, tia, que há de me pagar. Que há de me pagar, esse...

— Esse... o quê? Vamos, termina!

— Esse... paspalho sem tempero. E para mim é como se não existisse. Como que não existe!

— Mas que tolices está dizendo...

— Será que você acredita, tia, que esse tio...?

— Quem? Fermín?

— Não, esse... esse do canário, tem algo dentro?

— Terá pelo menos suas entranhas...

— Mas você acredita que tem entranhas? Qual! Se é oco, é só querer ver, é oco!

— Vem cá, menina, vamos falar friamente e não diga nem faça tolices. Esquece isso. Eu acho que deve aceitar... ele...

— Mas se não o quero, tia...

— E você, que sabe o que é querer? Carece de experiência. Você pode saber o que é uma fusa ou uma colcheia, mas o que é querer...

— Me parece, tia, que você está falando por falar...

— Que sabe você sobre querer, menina?

— Mas se quero a outro...

— A outro? A esse vadio do Mauricio, a quem a alma perambula pelo corpo? A isso que chama querer? A isso chama o outro? Augusto é tua salvação e só Augusto. Tão fino, tão rico, tão bom!...

— Por isso não o quero, porque é tão bom, como você diz... Não me agradam os homens bons...

— Nem a mim, filha, nem a mim... Mas...

— Mas o quê?

— Deve-se casar com eles. Para isso nasceram e são bons, para maridos.

— Mas se não o quero, como vou me casar com ele?

— Como? Te casando! Eu não me casei com teu tio?

— Mas tia...

— Sim, agora creio que sim, me parece que sim; mas quando me casei não sabia se o queria. Olha, isso de amor é uma coisa de livros, algo que se inventou não mais que para falar e escrever sobre ele. Patetices de poetas. Positivo é o casamento. O Código Civil não fala do amor, mas sim do casamento. Tudo isso de amor não é mais que música...

— Música?

— Música, sim. E você sabe que a música só serve para viver de ensiná-la. E que se não te aproveita de uma ocasião como esta que te vai demorar muito a sair de teu purgatório...

— E daí? Peço alguma coisa a vocês? Não ganho eu minha vida? Estou sendo um peso para vocês?

— Não te exploda assim, espoleta, nem diga essas coisas, porque vamos brigar para valer. Ninguém te fala disso. E tudo o que te digo e aconselho é para teu bem.

— Sim, para o meu bem... para o meu bem... Para meu bem o senhor Augusto Pérez fez essa hombridade, para o meu bem... Uma hombridade, sim, uma hombridade! Querer me comprar!... Querer me comprar a mim... a mim! Uma hombridade, está dito, uma hombridade... Quanta generosidade!... uma coisa de homem! Os homens, tia, já estou vendo, são uns grosseiros, uns brutos, não têm delicadeza. Não sabem fazer um favor sem ofender...

— Todos?

— Todos, sim, todos! Os que são homens de verdade, entende?

— Ah!

— Sim, porque os outros, os que não são grosseiros e brutos e egoístas, não são homens.

— Mas o que são?

— Que sei eu... maricas!

— Que teorias, menina!

— Nesta casa nos contagiamos.

— Mas isso você nunca ouviu do teu tio.

— Não, percebi isso observando os homens.

— Também a teu tio?

— Meu tio não é um homem... desses.

— Então é um marica, hein?, um marica? Vamos, fala!

— Não, não, não, também. Meu tio é... vamos... meu tio... Não me acostumo de todo que ele seja algo assim... de carne e osso...

— Pois então, o que acha de teu tio?

— Que não é mais que... não sei como dizer... que não é mais que meu tio. Vamos, assim como se não existisse de verdade.

— Isso é o que você pensa, menina. Mas eu te digo que teu tio existe, e como existe!

— Brutos, todos brutos, brutos todos. Você não sabe o que esse bárbaro do Martín Rubio disse ao pobre dom Emeterio poucos dias depois dele ficar viúvo?

— Não ouvi, acredito.

— Pois você verá; foi durante aquela epidemia, você já sabe. Todo mundo alarmadíssimo, vocês não me deixaram sair de casa uma porção de dias, e até tomava água fervida. Todos fugiam uns dos outros e quando se via alguém de luto recente era como se estivesse empesteado. Pois bem; cinco ou seis dias depois de ter ficado viúvo, o pobre dom Emeterio teve que sair de casa, de luto, por certo, e se encontrou com as mãos na boca com esse bárbaro do Martín. Este, ao vê-lo de luto, se manteve a certa prudente distância dele, como temendo o contágio, e lhe disse: "Mas, homem, que é isso? Alguma desgraça em tua casa?". "Sim", lhe contestou o pobre dom Emeterio, "acabo de perder minha pobre mulher..." "Lástima! E como foi isso?" "De sobreparto", lhe disse dom Emeterio. "Ah, menos mal!", lhe contestou o bárbaro do Martín e então se aproximou para lhe dar a mão. Já se viu cavalgadura maior?... Uma hombridade! Digo a você que são uns brutos, nada mais que uns brutos.

— É melhor que sejam uns brutos que uns folgados, como esse zangão do Mauricio, que tem, não sei por quê, te tirado o juízo... Porque, segundo meus informes, e são de fonte limpa, eu te asseguro, maldição se esse simplório manequim está realmente enamorado de ti.

— Mas eu estou dele e basta!

— E te parece que esse... seu noivo, quero dizer... é homem de verdade? Se fosse homem, faz tempo que teria buscado saída e trabalho.

— Se ele não é homem, eu quero fazer dele um. É verdade, e tem o defeito que você disse, tia, e talvez seja por isso que o quero. E agora, depois da hombridade de dom Augusto... querer me comprar a mim, a mim!... Depois disso estou decidida a jogar tudo ou nada me casando com Mauricio.

— E de que vai viver, desgraçada?

— Do que eu ganhar! Trabalharei, e mais que agora! Aceitarei aulas que recusei. Assim como já renunciei a essa casa, que dei de presente a dom Augusto. Era um capricho, nada mais que um capricho. É a casa em que eu nasci. E agora, livre do pesadelo dessa casa e de sua hipoteca, me porei a trabalhar com mais afinco. E Mauricio, me vendo trabalhar para os dois, não terá mais remédio que arrumar trabalho e trabalhar também. Isto é, se tem vergonha...

— E se não tem?

— Mas se não tem... dependerá de mim!

— Sim, o marido da pianista!

— Ainda que seja assim. Será meu, meu, e quanto mais dependa de mim, mais meu.

— Sim, teu... assim como um cachorro. E isso se chama comprar um homem.

— Não quis um homem, com seu capital, me comprar? Pois o que há de estranho que eu, uma mulher, queira, com meu trabalho, comprar um homem?

— Tudo isso que você está dizendo, menina, se parece muito com isso que teu tio chama de feminismo.

— Não sei, nem me importa saber. Mas digo a você, tia, que ainda não nasceu o homem que possa me comprar. A mim? A mim? Comprar a mim?

A criada entrou neste ponto da conversa para anunciar que dom Augusto esperava a senhora.

— Ele? Fora! Não quero vê-lo. Diz a ele que já lhe dei minha última palavra!

— Reflete um pouco, menina, te acalma! Não fica assim! Você não soube interpretar as intenções de dom Augusto.

Quando Augusto se encontrou diante de dona Ermelinda começou a lhe pedir desculpas. Estava, segundo dizia, profundamente incomodado. Eugenia não soube interpretar suas verdadeiras intenções. Ele, por sua parte, havia cancelado formalmente a hipoteca da casa e esta se encontrava legalmente livre de semelhante tributo e em poder de sua dona. E se ela fincava pé em não receber as rendas, ele, por sua parte, tampouco podia fazer isso; de maneira que aquilo se perderia sem proveito para ninguém, ou melhor dito, o dinheiro iria se depositando em nome de sua dona. Além disso, ele renunciava a suas pretensões à mão de Eugenia e só queria que esta fosse feliz; até se achava disposto a buscar uma boa colocação para Mauricio para que não tivesse que viver das rendas de sua mulher.

— Você tem um coração de ouro! — exclamou dona Ermelinda.

— Agora só falta convencer sua sobrinha de quais foram minhas verdadeiras intenções, e que se desipotecar a casa foi uma impertinência, me perdoa. Mas me parece que não é coisa de se voltar atrás. Se ela quiser, poderei ser padrinho da boda. E depois empreenderei uma longa e longínqua viagem.

Dona Ermelinda chamou a empregada, à qual disse que chamasse Eugenia, pois dom Augusto desejava falar com ela. "A senhorita acaba de sair", respondeu a criada.

CAPÍTULO XVI

— Você é impossível, Mauricio — dizia Eugenia a seu noivo, naquele casebre da portaria —, completamente impossível, se seguir assim, se não sacudir essa preguiça, se não fizer alguma coisa para buscar uma colocação e possamos nos casar, sou capaz de qualquer disparate.

— De que disparate? Vamos, diz, rica — e lhe acariciava o pescoço retorcendo entre um de seus dedos um anel de cabelos da nuca da menina.

— Olha, se quiser, nos casamos assim e eu seguirei trabalhando... para os dois.

— Mas o que vão dizer de mim, mulher, se aceito semelhante coisa?

— E a mim o que me importa o que digam de você?

— Homem, homem, isso é grave!

— Sim, a mim não me importa isso; o que quero é que isso se acabe o quanto antes.

— Estamos tão mal assim?

— Sim, estamos mal, muito mal. E se você não se decidir sou capaz de...

— De quê? Vamos!

— De aceitar o sacrifício de dom Augusto.

— De te casar com ele?

— Não, isso nunca! De recuperar minha propriedade.

— Pois, faz isso, rica, faz isso! Se essa é solução e não outra...

— E você se atreve...

— Pois não vou me atrever! Esse pobre dom Augusto me parece que não anda bem da cabeça, pois teve esse capricho, não creio que devemos contrariá-lo...

— De modo que você...

— Pois está claro, rica, está claro!

— Homem, da cabeça aos pés.

— Não tanto quanto você quer, segundo você diz. Mas vem cá...

— Vamos, me larga, Mauricio; já te disse cem vezes para que não seja...

— Que não seja carinhoso...

— Não, que não seja... bruto! Fique quieto. E se quer mais confianças sacode essa preguiça, arruma um trabalho de verdade, e o demais você já sabe. Então, vamos ver se tem juízo, hein? Olha que outra vez já te dei uma bofetada.

— E que bem que me fez! Anda, rica, me dá outra! Olha, aqui tem minha cara...

— Não me enche...

— Anda, vamos!

— Não, não quero te dar esse prazer.

— Nem outro?

— Te disse para não ser bruto! E te repito, se não se apressar em arrumar um trabalho, sou mesmo capaz de aceitar isso.

— Pois bem, Eugenia, quer que eu te fale com o coração na mão, a verdade, toda a verdade?

— Fala!

— Eu te quero muito, mas mesmo, estou completamente biruta por você, mas isso de casamento me assusta, me dá um medo atroz. Eu nasci ocioso por temperamento, não te nego; e o que mais me incomoda é ter que trabalhar, e prevejo que se nos casamos e como suponho que você vai querer que tenhamos filhos...

— Pois não faltava mais!

— Então vou ter que trabalhar, e duro, porque a vida é cara. E isso de aceitar que seja você que trabalhe, isso nunca, nunca, nunca! Mauricio Blanco Clará não pode viver do trabalho de uma mulher. Mas por acaso existe uma solução que, sem que eu tenha que trabalhar nem você, tudo de se arranje.

— Pago para ver...

— Pois me promete, riquinha, não te zangar?

— Anda, fala!

— Por tudo o que eu sei e o que tenho ouvido, esse pobre dom Augusto é um paspalho, um pobre-diabo; digamos, um...

— Anda, continua!

— Mas não vai te zangar comigo?

— Eu te disse, continua!

— É, pois, como eu ia te dizendo, um... predestinado. E talvez seja melhor que você aceite isso da tua casa, e que...

— Vamos, quê?

— Que aceite a ele como marido.

— Hein? — e ela se pôs de pé.

— Aceita ele, e como é um pobre homem, pois... tudo se ajeita...

— Como que tudo se ajeita?

— Sim, ele paga, e nós...

— Nós o quê?

— Então nós...

— Basta!

E partiu Eugenia, com os olhos feito um incêndio, e se dizendo: "Mas que brutos, que brutos! Não consigo acreditar! Que brutos!". E ao chegar em casa se trancou em seu quarto e desatou a chorar. E teve que se deitar, prisioneira de uma febre.

Mauricio ficou um breve tempo no ar, mas logo se recompôs, acendeu um cigarro, saiu para a rua e lançou um galanteio à primeira moça garbosa que passou a seu lado. E naquela noite falava, com um amigo, de dom Juan Tenório.

— A mim esse tio não consegue me convencer — dizia Mauricio —, isso não é mais que teatro.

— E é você que me diz isso, Mauricio, você que passa por um Tenório, por um sedutor.

— Sedutor? Sedutor eu? Que coisas se inventam, Rogelio!

— E a pianista?

— Ah! Quer que eu te diga a verdade, Rogelio?

— Vai!

— Pois bem; ouça, de cada cem embrulhos, mais ou menos honrados, e esse a que você se refere é honradíssimo!, a cada cem embrulhos entre homens e mulheres, em mais de noventa a sedutora é ela e o seduzido é ele.

— Essa não, vai me negar que conquistou a pianista, a Eugenia?

— Sim, te nego. Não sou eu quem a conquistou, seduziu, e sim ela que conquistou a mim...

— Sedutor!

— Como quiser... É ela, ela. Não soube me resistir.

— O embrulho é igual...

— Mas me parece que isso vai acabar e vou me encontrar livre outra vez. Livre dela, claro, porque não me responsabilizo se outra me conquistar. Sou tão débil! Se eu tivesse nascido mulher...

— Bom, e como se vai acabar?

— Porque... pois, porque estraguei tudo! Quis que seguíssemos, isto é, que começássemos as relações, entende, sem compromisso nem consequências... e, claro!, me parece que ela vai me dar o desprezo. Essa mulher queria me engolir!

— E vai te engolir!

— Quem sabe... Sou tão débil! Eu nasci para que uma mulher me mantenha, mas com dignidade, sabe, e se não, nada!

— E o que você chama de dignidade, dá para saber?

— Homem, isso não se pergunta! Há coisas que não se podem definir.

— É verdade! — respondeu com profunda convicção Rogelio, prosseguindo: — E se a pianista te deixa, o que você vai fazer?

— Pois ficar na reserva. E ver se alguma outra me conquista. Já fui conquistado tantas vezes...! Mas essa, com isso de não ceder, de se manter sempre a distância honesta, de ser honrada, enfim, porque honrada ela é até demais, com tudo isso me tinha birutinha, mas todo birutinha. Ia acabar fazendo de mim o que quisesse. Mas agora, se me deixa, eu vou sentir, ficarei sentido, e muito, mas vou me ver livre...

— Livre?

— Livre, sim, para outra.

— Eu creio que vocês farão as pazes...

— Quem sabe! Mas duvido, porque tem um geniozinho... E hoje eu a ofendi, a verdade, a ofendi...

CAPÍTULO XVII

— Te lembra, Augusto — lhe dizia Víctor —, daquele dom Eloíno Rodríguez de Alburquerque y Álvarez de Castro?

— Aquele funcionário que trabalha na Fazenda, tão acostumado a oferecer mais do que devia, sobretudo bem baratinho?

— O próprio! Pois bem... se casou!

— Valente caduco leva a que carregou com ele!

— Mas o estupendo é a sua maneira de se casar. Escuta e vai tomando notas! Você sabe que dom Eloíno Rodríguez de Alburquerque y Álvarez de Castro, apesar de seus sobrenomes, quase não tem onde cair morto, não mais que seu soldo na Fazenda, e que está, além disso, completamente avariado de saúde.

— Tal a vida que levou!

— Pois o pobre padece de uma afecção cardíaca da qual não pode se recobrar. Seus dias estão contados. Acaba de sair de uma indisposição gravíssima, que lhe pôs às portas da morte e o levou ao casamento, mas a outro... rebentaria. O caso é que o pobre homem andava de casa em casa de hóspedes e de todas as partes tinha que sair, porque por quatro pesetas não se pode pedir guloseimas e manjares em molho de gato[20] e ele era muito exigente. E não muito limpo. E assim rodando de casa em casa foi dar na de uma venerável patroa, e entrada em anos, mais velha que ele, que, como você sabe, anda mais perto dos sessenta que

20. Gato: homem nascido em Madri. [N.T.]

dos cinquenta, e viúva duas vezes; a primeira, de um carpinteiro que se suicidou se atirando de um andaime à rua, e a quem lembra amiúde como seu Rogelio; e a segunda, de um sargento de carabineiros que lhe deixou ao morrer um capitalzinho que lhe dá uma peseta por dia. E eis que se achando em casa desta senhora viúva dá meu dom Eloíno de passar mal, muito mal, tão mal que a coisa parecia sem remédio e que morria. Chamaram primeiro para que o visse dom José, e depois dom Valentín. E o homem morrendo! E sua enfermidade pedia tantos e tais cuidados, e às vezes não de todo asseados, que monopolizavam a patroa, e os outros hóspedes já ameaçavam ir embora. E dom Eloíno, que não podia pagar muito mais, e a duplicada viúva lhe dizendo que não podia mais tê-lo em sua casa, pois estava lhe prejudicando o negócio. "Mas, por Deus, senhora, por caridade!", parece que lhe dizia ele. "Para onde eu vou neste estado, em que outra casa vão me receber? Se a senhora me tira daqui vou ter que ir morrer no hospital... Por Deus! Por caridade! Pelos dias que hei de viver...!" Porque ele estava convencido de que estava morrendo e bem rápido. Mas ela, de sua parte, o que é natural, de que sua casa não era hospital, que vivia do seu negócio e que já estava se prejudicando. Estavam nisso quando um dos companheiros de repartição de dom Eloíno veio com uma ideia salvadora, e lhe disse: "Você não tem, dom Eloíno, senão um meio de que esta senhora concorde em te ter na sua casa enquanto você viva." "Qual?", perguntou ele. "Primeiro", lhe disse o amigo, "saibamos o que você acha de sua enfermidade." "Ah, pois eu hei de durar pouco, muito pouco; talvez meus irmãos não cheguem a me ver com vida." "Você se acha tão mal?" "Me sinto morrendo..." "Pois se assim é, lhe resta um meio de conseguir que esta boa mulher não lhe ponha de quatro na rua, obrigando você a parar em um hospital." "E qual é?" "Casar-se com ela." "Me casar com ela? com a patroa? Quem, eu? Um Rodríguez de Alburquerque y Álvarez de Castro? Homem, não estou para brincadeiras!" E parece que a ocorrência lhe fez um efeito tal que por pouco não acabou com ele.

— E não era para menos.

— Mas o amigo, assim que ele se recuperou da primeira surpresa, lhe fez ver que se casando com a patroa deixava para ela treze *duros* mensais de viuvidade, isto é, pensão por viuvez, que de outro modo ninguém aproveitaria e iriam para o Estado. Já vê você...

— Sim, sei de mais de um, amigo Víctor, que se casou para que o Estado não metesse as garras em uma viuvidade. Isso é que é civismo!

— E se dom Eloíno rechaçou indignado tal proposição, imagina o que diria a patroa: "Eu? Me casar, eu, nessa idade e pela terceira vez com esse caduco? Que asco!". Mas se informou com o médico e lhe asseguraram que não restavam a dom Eloíno senão pouquíssimos dias de vida, dizendo: "A verdade é que treze *duros* por mês me ajudam", e acabou o aceitando. E então se chamou o pároco, ao bom dom Matías, varão apostólico, você sabe, para que convencesse o desenganado. "Sim, sim, sim", disse dom Matías, "sim, pobrezinho! pobrezinho!" E o convenceu. Dom Eloíno chamou Correíta, e dizem que lhe disse que queria se reconciliar com ele — estavam brigados —, e que seria sua testemunha de casamento. "Mas você se casa, dom Eloíno?" "Sim, Correíta, sim, me caso com a patroa! Com dona Sinfo! eu, um Rodríguez de Alburquerque y Álvarez de Castro, imagina! Eu, para que cuide de mim nos poucos dias de vida que me restem... Não sei se meus irmãos chegarão a tempo de me ver vivo... e ela pelos treze *duros* de viuvidade que lhe deixo." E contam que quando Correíta foi para casa e contou tudo, como é natural, para sua mulher, Emilia, esta exclamou: "Você é mesmo um patético, Pepe! Por que não disse a ele que se casasse com Encarna" — Encarnación é uma criada nem jovem nem bela, que Emilia levou como dote de seu casamento — "que, pelos treze *duros* de viuvidade, teria cuidado dele tão bem quanto essa tia?" E é sabido que Encarna acrescentou: "Você tem razão, senhora; eu também teria casado com ele e teria cuidado dele o tempo que vivesse, que não será muito, por treze *duros*."

— Mas tudo isso, Víctor, me parece inventado.

— Pois não é. Há coisas que não se inventam. E ainda falta o melhor. E me contava dom Valentín, que é, depois de dom José, quem esteve tratando de dom Eloíno, que ao ir um dia vê-lo encontrou dom Matías paramentado, e pensou que era para dar a extrema-unção ao enfermo, e lhe dizem que estava se casando. E ao voltar mais tarde à casa o acompanhou até à porta a recém-casada patroa, pela terceira vez!, que com voz compungida e ansiosa lhe perguntava: "Mas me diga você, dom Valentín, ele viverá? viverá ainda?". "Não, senhora, não; é questão de dias..." "Morrerá logo, hein?" "Sim, bem em breve." "Mas morrerá de verdade?"

— Mas que desmesura!

— E não é tudo. Dom Valentín ordenou que não se desse ao doente mais que leite, e deste um pouquinho de cada vez, mas dona Sinfo dizia a outro hóspede: "Qual! Dou a ele tudo que me peça! Para que tirar seus gostos se vai viver tão pouco?". E logo ordenou que lhe fizesse uns favores, e ela dizia: "Uns favores? Ufa, que asco! A esse tio caduco? Eu, não, não, não! Se fosse a algum dos outros dois, aos quais queria, com os quais me casei por meu gosto! Mas a esse aí? Uns favores? Eu? Não tem como...!".

— Tudo isso é fantástico!

— Não, é histórico. E chegaram uns irmãos de dom Eloíno, irmão e irmã, e ele dizia esmagado pela desgraça: "Se casar meu irmão, meu irmão, um Rodríguez de Alburquerque y Álvarez de Castro, com a patroa da rua dos Vendedores de Pele! Meu irmão, filho de um juiz do Tribunal de Justiça de Zaragoza, de Za-ra-go-za, casar-se com uma... dona Sinfo!". Estava aterrado. E a viúva do suicida, recém-casada com o desenganado, se dizia: "Agora, você verá, como já estou vendo, com isto de que somos cunhados sairão sem me pagar o preço da hospedagem, quando eu vivo disso!". Mas parece que eles pagaram, sim, a hospedagem, e o marido pagou, mas os irmãos levaram a bengala com cabo de ouro que ele tinha.

— E morreu?

— Sim, mas muito depois. Melhorou, melhorou bastante. E ela, a patroa, dizia: "Disso a culpa é de dom Valentín, que entendeu a enfermidade dele. Melhor era o outro, dom José, que não a entendia. Se só o outro tivesse tratado dele, já estaria morto, e não agora a me encher a paciência." Ela, dona Sinfo, tem, além dos filhos do primeiro marido, uma filha do segundo, do carabineiro, e logo depois de ter se casado, dom Eloíno dizia: "Vem, vem cá; vem para que eu te dê um beijo, já que sou teu pai e você é minha filha...". "Filha, não", dizia a mãe, "afilhada!" "Enteada, senhora, enteada!... Vem cá, eu deixo vocês bem..." E é sabido que a mãe resmungava: "O sem-vergonha não fazia mais que apalpá-la!... Onde já se viu?". E logo veio, como é natural, a ruptura. "Isso foi um engano, nada mais que um engano, dom Eloíno, porque se me casei com você foi porque me asseguraram que você morreria, e logo, porque se não... Que decepção! Me enganaram! Me enganaram!" "Enganaram a mim também, senhora. E o que você queria que eu fizesse? Morrer para lhe agradar?" "Era isso o combinado." "Eu vou morrer, senhora, vou morrer logo e antes do que gostaria... Um Rodríguez de Alburquerque y Álvarez de Castro!"

E brigaram por causa dos preços de uns quartos, e ela acabou por mandá-lo embora de casa. "Adeus, dom Eloíno, que você vá bem!" "Você fique com Deus, dona Sinfo." E, no fim, morreu o terceiro marido dessa senhora lhe deixando 2,15 pesetas diárias, e além disso lhe deram quinhentos para lutos, isto é, enterro, trajes, ornamentos. Por certo que não as empregou em tais lutos. No máximo mandou rezar duas missas por remorso e por gratidão pelos treze *duros* de viuvidade.

— Mas que coisas, meu Deus!

— Coisas que não se inventam, que não é possível inventar. Agora estou recolhendo mais dados desta tragicomédia, desta farsa fúnebre. Pensei primeiro em escrever uma comédia curta, de dois, três personagens, mas, considerando melhor, decidi enredar de qualquer maneira, como Cervantes meteu em seu *Quixote* aquelas novelas que nele figuram, em uma novela que estou escrevendo para me desquitar dos quebrantos de cabeça que me dão a gravidez de minha mulher.

— Mas você se meteu a escrever uma novela?

— E o que queria que eu fizesse?

— E qual é seu enredo, se é que se pode saber?

— Minha novela não tem enredo, ou, melhor dito, o enredo será o que for saindo. O enredo se faz por si só.

— E como é isso?

— Pois olha, um dia desses em que não sabia o que fazer, mas sentia ânsia de fazer algo, uma comichão muito íntima, um rabisco da fantasia, me disse: vou escrever uma novela, mas vou escrevê-la como se vive, sem saber o que virá. Me sentei, peguei umas folhas de papel e comecei com o que primeiro veio à cabeça, sem saber o que seguiria, sem plano algum. Meus personagens irão se fazendo a partir da ação e da fala, sobretudo a partir da fala. Seu caráter irá se formando pouco a pouco. E às vezes seu caráter será não ter caráter.

— Sim, como o meu.

— Não sei. Ele irá saindo. Eu me deixo levar.

— E há psicologia? Descrições?

— O que há é diálogo; sobretudo diálogo. A coisa é que os personagens falem, que falem muito, ainda que não digam nada.

— Isso te foi insinuado por Elena, não?

— Por quê?

— Porque uma vez me pediu uma novela para matar o tempo, recordo que me disse que tivesse muito diálogo e bem curto.

— Sim, quando uma leitora se encontra com longas descrições, sermões ou relatos, pula todos, dizendo: "Palha! Palha! Palha!". Para ela, só o diálogo não é palha. E você sabe, pode muito bem se repartir um sermão em um diálogo...

— E por que será isso?

— Porque o povo gosta da conversação pela conversação, ainda que não se diga nada. Há quem não suporte discurso de meia hora, mas fica três horas tagarelando em um café. É o encanto da conversação, de falar por falar, do falar esfarrapado e interrompido.

— Também a mim o tom de discurso me cansa...

— Sim, é a complacência do homem na fala, e na fala viva... E sobretudo que pareça que o autor não diz as coisas por si, não nos moleste com sua personalidade, com seu eu satânico. Ainda que, com certeza, tudo o que digam meus personagens digo eu...

— Isso até certo ponto...

— Como até certo ponto?

— Sim, começará acreditando que você os leva pela tua mão, e é fácil você acabar se convencendo de que são eles que te levam. É muito frequente que um autor acabe por ser joguete de suas ficções...

— Talvez, mas o caso é que nesta novela penso escrever tudo que me venha à ideia, seja o que for.

— Pois vai acabar não sendo novela.

— Não, será... será... *nivola.*

— E que é isso, que é *nivola*?

— Pois ouvi Manuel Machado, o poeta, irmão de Antonio, que uma vez levou dom Eduardo Benoit para ler para ele um soneto em alexandrinos ou não sei que outra forma heterodoxa. Leu e dom Eduardo lhe disse: "Mas isso não é um soneto!...". "Não, senhor", lhe constestou Machado, "não é um soneto, é... sonite." Pois assim com minha novela, não vai ser novela, mas sim, como disse?, *navilo... nebulo*, não, não, *nivola*, é isso, *nivola*! Assim ninguém terá direito de dizer que anula as leis do gênero. Invento o gênero, e inventar um gênero não é mais que lhe dar um nome novo, e lhe dou as leis que me apraz. E muito diálogo!

— E quando um personagem ficar sozinho?

— Então... um monólogo. E para que pareça algo assim como um diálogo, invento um cão a quem o personagem se dirige.

— Sabe, Víctor, que desconfio que você está me inventando?

— Pode ser!

Ao se separarem um do outro, Víctor e Augusto, ia este se dizendo: "E esta minha vida, é novela, é *nivola*, o que é? Tudo isso que me passa e que se passa com os que me rodeiam é realidade ou ficção? Não é acaso tudo isso um sonho de Deus ou de quem seja, e que se desvanecerá quando Ele despertar, e por isso rezamos e elevamos a Ele cânticos e hinos para adormecê-Lo, para berçar seu sono? Não é acaso a liturgia de todas as religiões um modo de ninar o sonho de Deus para que Ele não desperte e deixe de nos sonhar? Ai, minha Eugenia! Minha Eugenia! E minha Rosarinha...".

— Olá, Orfeu!

Orfeu havia saído ao seu encontro, brincava, queria lhe subir pernas acima. Augusto pegou-o e o animalzinho começou a lamber suas mãos.

— Senhorzinho — lhe disse Liduvina —, aí lhe espera Rosario com as roupas passadas.

— E por que você não a despachou?

— Que sei eu... Disse que o senhorzinho não tardava, que queria esperar...

— Mas você poderia tê-la despachado como das outras vezes...

— Sim, mas... enfim, você me entende...

— Liduvina, Liduvina!

— É melhor que a despache você mesmo.

— Vou lá.

CAPÍTULO XVIII

— Olá, Rosario! — exclamou Augusto logo que a viu.

— Boas tardes, dom Augusto — e a voz da garota era serena e clara; e não menos claro e sereno seu olhar.

— Por que não despachou com Liduvina como das outras vezes em que eu não estou em casa quando você vem?

— Não sei. Me disse que esperasse. Pensei que você queria me dizer alguma coisa...

"Mas isso é ingenuidade ou o que é?", pensou Augusto, e ficou um momento admirado. Houve um instante embaraçoso, prenhe de um inquieto silêncio.

— O que quero, Rosario, é que você esqueça do outro dia, que não volte a te lembrar dele, entende?

— Bom, como você queira...

— Sim, aquilo foi uma loucura... uma loucura... não sabia bem o que fazia nem o que dizia... como não sei agora — e ia se aproximando da garota.

Esta o esperava tranquilamente e como que resignada. Augusto sentou-se em um sofá e a chamou:

— Vem cá!

Disse para ela sentar, como da outra vez, sobre seus joelhos, e esteve um bom tempo olhando os olhos dela. Ela resistiu tranquilamente àquele olhar, mas tremia toda como folha de choupo.

— Treme, garota?...

— Eu? Eu não. Me parece que é você...

— Não trema, te acalma.

— Não volte a me fazer chorar...

— Vamos, sim, você quer que volte a te fazer chorar. Diz, você tem noivo?

— Mas que perguntas!

— Me diz, tem?

— Noivo... assim, noivo... não!

— Mas nenhum garoto de tua idade te fez propostas?

— Você sabe, dom Augusto...

— E o que você disse a eles?

— Há coisas que não se dizem...

— É verdade. Vamos, diz, você os deseja?

— Mas, por Deus, dom Augusto!...

— Olha, Rosario, se vai chorar, te deixo.

A garota apoiou a cabeça no peito de Augusto, ocultando-a nele, e rompeu a chorar, procurando afogar seus soluços. "Essa garota vai desmaiar", pensou enquanto lhe acariciava a cabeleira.

— Te acalma! Te acalma!

— E aquela mulher?... — perguntou Rosario, sem erguer a cabeça e engolindo seus soluços.

— Ah, você lembra? Pois que aquela mulher acabou de me rechaçar de todo. Nunca a ganhei, agora eu a perdi de todo, de todo!

A garota levantou a fronte, e o olhou cara a cara, como que para ver se dizia a verdade.

— Você quer me enganar... — sussurrou.

— Como quero te enganar? Ah, sei, sei. Então tem coisa aí, não é? Mas você não me disse que tem noivo?

— Eu não disse nada...

— Calma! Calma! — e a fazendo sentar a seu lado no sofá, ele se levantou e começou a andar de um lado para o outro pelo aposento.

Mas ao voltar a vista para ela viu que a pobre garota estava alterada e trêmula. Compreendeu que se encontrava sem amparo, que assim, sozinha, diante dele, a certa distância, sentada naquele sofá como um réu diante do promotor, sentia-se desfalecer.

— É verdade! — exclamou —; quanto mais próximos, mais protegidos.

Voltou a sentar-se, voltou a sentá-la sobre si, a rodeou com os braços e a apertou contra seu peito. A pobrezinha lhe lançou um braço sobre o ombro, como que para se apoiar nele, e voltou a esconder sua cara no peito de Augusto. E ali, como se ouvisse o martelar do coração deste, se alarmou.

— Está mal, dom Augusto?

— E quem está bem?

— Você quer que chame para que lhe tragam alguma coisa?

— Não, não, deixa. Eu sei qual é minha enfermidade. O que me faz falta é empreender uma viagem. — E depois de um silêncio: — Você me acompanhará nela?

— Dom Augusto!

— Deixa de dom! Me acompanhará?

— Como você quiser...

Uma névoa invadiu a mente de Augusto; o sangue começou a lhe latir nas têmporas, sentiu uma opressão no peito. E para se libertar disso começou a beijar Rosario nos olhos, que tinha que os fechar. De repente, levantou-se e disse deixando-a:

— Me deixa! Me deixa! Tenho medo!

— Medo de quê?

A repentina serenidade da garota o assustou mais ainda.

— Tenho medo, não sei de quem, de você, de mim!; do que seja! De Liduvina! Olha, vai, vai, mas vai voltar, não é isso? Vai voltar?

— Quando você quiser.

— E me acompanhará na minha viagem, não é assim?

— Como você mandar...

— Vai, vai agora!

— E aquela mulher...

Augusto, se equilibrando na garota, que já havia se posto de pé, a pegou, a apertou contra seu peito, juntou seus lábios secos aos dela e assim, sem beijá-la, esteve um pouco boca a boca enquanto sacudia sua cabeça. E logo soltando-a:

— Anda, vai!

Rosario saiu. E, mal ela havia saído, Augusto, cansado, como se tivesse acabado de percorrer a pé léguas por entre montanhas, se lançou sobre sua cama, apagou a luz e se quedou monologando:

"Tenho mentido para ela e tenho mentido para mim mesmo. É sempre assim! Tudo é fantasia e não há mais que fantasia. O homem enquanto fala mente, e enquanto se fala a si mesmo, isto é, enquanto pensa sabendo que pensa, mente-se. Não há mais verdade que a vida fisiológica. A palavra, este produto social, foi feita para mentir. Ouvi de nosso filósofo que a verdade é, como a palavra, um produto social, o que todos acreditam, e acreditando se entendem. O que é produto social é a mentira..."

Ao sentir umas lambidonas em sua mão, exclamou: "Ah, já está aqui, Orfeu? Você, como não fala, não mente. E até acredito que você não se equivoca, não mente a si mesmo. Ainda que, como animal doméstico que é, alguma coisa você terá pegado do homem... Não fazemos mais que mentir e nos dar importância. A palavra foi feita para exagerar nossas sensações e impressões todas... talvez para acreditar nelas. A palavra e todo gênero de expressão convencional, como o beijo ou o abraço... Não fazemos senão representar cada qual o seu papel. Todos personas, todos caretas, todos comediantes! Ninguém sofre nem goza o que diz e expressa, e acaso acredita que goza e sofre; se não fosse assim, não se poderia viver! No fundo estamos tão tranquilos. Como eu agora, aqui, ator e espectador, representando a sós minha comédia, ator e espectador ao mesmo tempo. Não mata mais que a dor física. A única verdade é o homem fisiológico, o que não fala, o que não mente...".

Ouviu uma batidinha na porta.

— Que é?

— Você não vai jantar hoje? — perguntou Liduvina.

— É verdade; espera, que já vou.

"E logo dormirei hoje, como os outros dias, e dormirá ela. Dormirá Rosario? Não terei turvado a tranquilidade de seu espírito? E essa naturalidade dela, é inocência ou é malícia? Mas talvez não haja nada mais malicioso que a inocência, ou melhor, mais inocente que a malícia. Sim, sim, eu já supunha que, no fundo, não há nada mais... mais... como direi?... mais cínico que a inocência. Sim, essa tranquilidade com que se entregava a mim, foi isso que fez que me entrasse o medo, não sei bem do quê, isso não era senão inocência. E aquilo de: 'E aquela mulher?', ciúmes, hein?, ciúmes? Provavelmente não nasce o amor senão ao nascerem os ciúmes; são os ciúmes que nos revelam o amor. Por mais enamorada que esteja uma mulher de um homem, ou um homem de uma mulher, não se dão conta de que o estão, não se dizem a si mesmos que estão, isto é, não se enamoram de verdade senão quando ele vê que ela olha outro homem ou ela o vê a olhar outra mulher. Se não houvesse mais que um só homem e uma só mulher no mundo, sem mais sociedade, seria impossível que se enamorassem um do outro. Além do mais, sempre faz falta a terceira, a Celestina, e a Celestina é a sociedade. O Grande Galeoto! E tudo se encaixa! Sim, o Grande Galeoto![21] Ainda que fosse só linguagem. E por isso é tudo isso do amor uma mentira a mais. E o fisiológico? Ah, o fisiológico não é amor nem coisa que o valha! Por isso é verdade! Mas... vamos, Orfeu, vamos jantar. Isto sim é que é verdade!".

21. Drama de José de Echegaray inspirado no personagem que desencadeia o idílio amoroso entre Paolo e Francesca, que passa a simbolizar a lamentação que seria característica da literatura posterior. Em espanhol corrente, o "galeoto" é o alcaguete, o cafetão, o alcoviteiro. [N.E.]

CAPÍTULO XIX

Dois dias depois disso, anunciaram a Augusto que uma senhora desejava falar com ele. Saiu para recebê-la e se encontrou com dona Ermelinda, que ao "Você por aqui?" de Augusto respondeu: "Como não quis voltar a nos ver...".

— Você compreende, senhora — disse Augusto —, que depois do que passei em sua casa nas duas últimas vezes em que fui, uma a sós com Eugenia, e outra quando ela não quis me ver, não devia voltar. Eu me atenho ao feito e ao dito, mas não posso voltar lá...

— Pois trago uma missão para você da parte de Eugenia.

— Dela?

— Sim, dela. Não sei o que pode ter acontecido com o noivo, mas não quer ouvir falar dele, está furiosa com ele e, outro dia, ao voltar para casa, se trancou no quarto e se negou a jantar. Tinha os olhos inflamados de ter chorado, mas com essas lágrimas que escaldam, você sabe, as de raiva...

— Ah!, existem diferentes classes de lágrimas?

— Naturalmente; há lágrimas que refrescam e desafogam, e lágrimas que queimam e sufocam mais. Tinha chorado e não quis jantar. E ficou o tempo todo me repetindo seu refrão de que os homens são todos uns brutos e nada mais que uns brutos. E tem estado zangada estes dias, com um humor de todos os diabos. Até que ontem me chamou, me disse que estava arrependida de tudo que havia dito a você, que se excedeu e foi injusta com você, que reconhece a retidão e a nobreza de tuas intenções e que deseja que você a perdoe por aquilo que disse sobre querer comprá-la, sim, que não acredita em semelhante coisa. Foi nisso que mais fez finca-pé. Disse que, antes de tudo, quer que você creia que, se disse aquilo, foi por excitação, por despeito, mas que ela não acredita...

— E acredito que ela não acredita.

— Depois... depois me encarregou que eu averiguasse de você com diplomacia...

— A melhor diplomacia, senhora, é não ter diplomacia, sobretudo comigo...

— Depois me rogou que averiguasse se não ofenderia você se ela aceitasse, sem compromisso algum, o presente que você lhe fez de sua própria casa...

— Como sem compromisso?

— Bem, que aceite o presente como tal, presente.

— Mas se é como tal que lhe dou, como há de aceitá-lo?

— Porque disse que sim, que está disposta, para demonstrar sua boa vontade e o sincero de seu arrependimento pelo que lhe disse, a aceitar sua generosa doação, mas sem que isso implique...

— Basta, senhora, basta! Agora parece que, sem se dar conta, voltam a me ofender...

— Será sem intenção...

— Há ocasiões em que as piores ofensas são as que se infligem sem intenção, segundo dizem.

— Pois não te entendo...

— E é, contudo, coisa bem clara. Uma vez entrei em uma reunião e um dos que ali estava e me conhecia nem sequer me cumprimentou. Ao sair, me queixei dele a um amigo, e este me disse: "Não estranhe, ele não fez de propósito; é que ele nem sequer percebeu a tua presença." E eu o contestei: "Pois é aí que está a grosseria maior; não que não tenha me cumprimentado, mas sim que não tenha percebido minha presença!". "Mas isso nele é involuntário; é um distraído", me replicou. E eu por minha vez: "As maiores grosserias são as involuntárias, e a grosseria das grosserias é distrair-se diante das pessoas." É, senhora, como isso que tolamente chamam de olvidos involuntários, como se coubesse se olvidar voluntariamente de algo. O olvido involuntário é uma grosseria.

— E a que vem isso...

— Isto vem, senhora dona Ermelinda, porque, depois de me ter pedido desculpas por aquela transação ofensiva de que com meu donativo buscava comprá-la forçando seu agradecimento, não sei por que vem aceitá-lo, mas fazendo constar que sem compromisso. Que compromisso, me diz, que compromisso?

— Não se exalte assim, dom Augusto!...

— Pois não vou me exaltar, senhora, pois não vou me exaltar? É que essa... menina vai zombar de mim e vai querer brincar comigo? — e ao dizer isso se lembrava de Rosario.

— Por Deus, dom Augusto, por Deus!...

— Já disse que a hipoteca se anulou, que eu a cancelei, e que se ela não faz emprego de sua casa, eu não tenho nada a ver com ela. E que me agradeça ou não, já não me importa!

— Mas, dom Augusto, não fique assim! Se o que ela quer é fazer as pazes com você, que voltem a ser amigos!...

— Sim, agora que estourou a guerra com o outro, não é isso? Antes eu era o outro, agora não, agora eu sou o um, não é isso? Agora se trata de me pescar, hein?

— Mas eu não disse tal coisa!

— Não, mas adivinho.

— Pois você se equivoca meio a meio! Porque precisamente depois de minha sobrinha me haver dito tudo isso que acabo de repetir a você, ao lhe insinuar eu e lhe aconselhar, depois de ter brigado com o vadio do seu noivo, que procurasse ganhar você como tal, vamos, você me entende...

— Sim, que me reconquistasse...

— Isso! Pois bem, ao lhe aconselhar isto, me disse uma e cem vezes que isso não e que não e que não; que estimava e apreciava você como amigo e como tal, mas não gostava de você como marido, que não queria se casar senão com um homem por quem estivesse enamorada...

— E que de mim não poderá chegar a estar, não é isso?

— Não chegou a dizer tanto...

— Vamos, sim; que isto também é diplomacia...

— Como?

— Sim, que você vem não só para que eu perdoe essa... menina, e sim para ver se acedo a pretendê-la como mulher, não é isso? Coisa conveniente, hein?, e ele se resignará...

— Juro a você, dom Augusto, juro pela santa memória de minha santa mãe que esteja em glória, lhe juro...

— O segundo mandamento, não jurar...

— Pois lhe juro que agora é você que está se olvidando, involuntariamente, com certeza, de quem sou eu, de quem é Ermelinda Ruiz y Ruiz.

— Se fosse assim...

— Sim, é assim, assim — e pronunciou as palavras com tal intensidade que não deixava lugar para dúvida.

— Pois bem... então... diga a sua sobrinha que aceito suas explicações, que as agradeço profundamente, que seguirei sendo seu amigo, um amigo leal e nobre, mas apenas um amigo, hein? nada mais que amigo e só amigo... Diga a ela que eu não sou um piano que se pode tocar por qualquer capricho, que não sou um homem de hoje te deixo e amanhã te pego, que não sou substituto nem vice-noivo, que não sou nenhuma sobremesa...

— Não se exalte você assim!

— E quem está exaltado? Pois bem, que sigo sendo seu amigo...

— E você irá nos ver logo?

— Isso...

— Olha, se não for, a pobrezinha não vai acreditar em mim, vai ficar sentida...

— É que penso empreender uma viagem longa e longínqua...

— Antes, de despedida...

— Bem, veremos...

Separaram-se. Quando dona Ermelinda chegou em casa e contou para sua sobrinha a conversação com Augusto, Eugenia se disse: "Aqui há outra, não tenho dúvida; agora sim que o reconquisto."

Augusto, por sua parte, ao ficar só se pôs a passear pelo aposento, se dizendo: "Quer se divertir comigo, como se eu fosse um piano... Me deixa, me pega, me deixa de novo... Eu estava de reserva... Diga o que quiser, anda buscando que eu volte a pretendê-la, acaso para se vingar, talvez para fazer ciúmes no outro e voltar a seu redor... Como se eu fosse um boneco, um ente, um dom ninguém... Mas eu tenho meu caráter!, se tenho, eu sou eu! Sim, eu sou eu! eu sou eu! Lhe devo a ela, Eugenia, como negá-lo?, que tenha despertado minha faculdade amorosa; mas uma vez que a despertou e suscitou, já não necessito dela; o que sobram são mulheres."

Ao chegar a isso não pôde menos que sorrir, e se lembrou daquela frase de Víctor, quando lhes anunciando Gervasio, recém-casado, que ia passar uma temporadinha em Paris com sua mulher, lhe disse: "A Paris e com mulher? Isso é como ir com um bacalhau à Escócia!". Augusto achou a frase engraçadíssima.

E seguiu dizendo a si mesmo: "O que sobram são mulheres. E que encanto a inocência maliciosa, a malícia inocente de Rosario, esta nova edição da eterna Eva! que encanto de garota! Ela, a Eugenia, me baixou do abstrato ao concreto, me levou ao genérico, e há tantas mulheres apetitosas, tantas... tantas Eugenias! tantas Rosarios! Não, não, comigo ninguém brinca, e menos uma mulher! Eu sou eu! Minha alma será pequena, mas é minha!". E sentindo esta exaltação de seu eu, como se este fosse inchando, inchando e a casa fosse ficando estreita, saiu para a rua para lhe dar espaço e desafogo.

Foi só pisar na rua e se encontrou com o céu sobre sua cabeça e as pessoas que iam e vinham, cada qual a seu negócio ou a seu gosto, e que não se fixavam nele, involuntariamente, por certo, nem lhe faziam caso, por não conhecê-lo, sem dúvida, sentiu que seu eu, aquele seu eu do "Eu sou eu!" ia se minguando, minguando, e fazendo dobras em seu corpo e ainda dentro deste buscava um recantinho onde se acocorar sem ser visto. A rua era um cinema e ele se sentia cinematográfico, uma sombra, um fantasma. E é que sempre um banho na multidão humana, um perder-se na massa de homens que iam e vinham sem conhecê-lo nem se dar conta dele, lhe produzia o efeito mesmo de um banho na natureza aberta a céu aberto, e à rosa dos ventos.

Só a sós se sentia ele; só a sós podia dizer a si mesmo, talvez para se convencer, "Eu sou eu!"; diante dos outros, metido na multidão atarefada ou distraída, não se sentia si mesmo.

Assim, logo chegou ao modesto jardinzinho que havia na solitária praça do retirado bairro em que vivia. Era a praça um remanso de quietude onde sempre brincavam alguns meninos, pois não circulavam por ali bondes nem quase carros, e alguns anciãos iam tomar sol nas tardezinhas de outono, quando as folhas das dezenas de castanheiros-da-índia que ali viviam reclusos, depois de tremerem sob o vento frio do norte, rodopiavam pelo lajedo ou cobriam os assentos daqueles bancos de madeira sempre pintada de verde, da cor da folha viçosa. Aquelas árvores domésticas, urbanas, em correta formação, que recebiam rega a horas fixas, quando não chovia, de uma regueira e que estendiam suas raízes por baixo das lajes da praça; aquelas árvores presas que esperavam ver nascer e se pôr o sol sobre os telhados das casas; aquelas árvores enjauladas, que talvez sentissem saudade da remota selva o atraíam com um misterioso alvo. Em suas copas, cantavam alguns pássaros urbanos também, desses que aprendem a fugir dos meninos e algumas vezes a se aproximar dos anciãos que lhes oferecem umas migalhas de pão.

Quantas vezes sentado sozinho e solitário em um dos bancos verdes daquela pequena pracinha viu o incêndio do ocaso sobre um telhado e alguma vez se destacar sobre o ouro em fogo do esplêndido arrebol a silhueta de um gato preto sobre a chaminé de uma casa! No entanto, no outono, choviam folhas amarelas, folhas largas como as de videiras, a modo de mãos mumificadas, laminadas, sobre os jardinzinhos do centro com seus alegretes e vasos de flores. E os meninos brincavam entre as folhas secas, brincavam acaso de recolhê-las, sem dar-se conta do aceso ocaso.

Quando chegou naquele dia à tranquila praça e se sentou no banco, não sem antes ter tirado do seu assento as folhas secas que o cobriam — pois era outono —, alguns garotinhos, como de costume, brincavam ali perto. Um deles, pondo outro junto ao tronco de um dos castanheiros-da-índia, bem encostado nele, dizia: "Você estava preso aí, te pegaram uns ladrões...". "É que eu...", começou mal-humorado o outro, quando o primeiro lhe replicou: "Não, você não era você...". Augusto não quis ouvir mais, levantou-se e foi para outro banco. E se disse: "Assim brincamos também os maiores; você não é você! eu não sou eu! E essas pobres árvores são elas? A folha lhes cai antes, muito antes que as das suas irmãs do monte, e viram esqueletos, e estes esqueletos projetam sua recortada sombra sobre os pavimentos de pedras ao resplendor dos revérberos de luz elétrica! Uma árvore iluminada pela luz elétrica! que estranha! que fantástica aparência a de sua copa na primavera, quando esse arco voltaico lhe dá aquela aparência metálica! e aqui as brisas não as mexem!... Pobres árvores que não podem gozar de uma dessas negras noites do campo, dessas noites sem lua, com seu manto de estrelas palpitantes! Parece que ao plantar cada uma dessas árvores neste lugar o homem lhes disse: 'Você não é você!', e para que não olvidem lhe deram essa iluminação noturna por luz elétrica... para que não durmam... Pobres árvores tresnoitadoras! Não, não, comigo não se brinca como com vocês."

Levantou-se e começou a percorrer as ruas como um sonâmbulo.

CAPÍTULO XX

Empreenderia a viagem, sim ou não? Já havia anunciado primeiro a Rosario, sem saber bem o que dizia, para dizer algo, ou melhor, como pretexto para perguntar se ela o acompanharia, e depois a dona Ermelinda, para lhe provar... o quê? o que é que lhe pretendeu provar com aquilo de que ia empreender uma viagem? O que fosse! Mas o caso é que havia se comprometido por duas vezes, que havia dito que ia empreender uma viagem longa e longínqua e ele era homem de caráter, ele era ele!; tinha que ser homem de palavra?

Os homens de palavra primeiro dizem uma coisa, e depois a pensam e por último a fazem, resulte bem ou mal o que pensava: os homens de palavra não se retificam nem voltam no que uma vez disseram. E ele disse que ia empreender uma viagem longa e longínqua.

Uma viagem longa e longínqua? Por quê? Para quê? Como? Para onde?

Anunciaram que uma senhorita desejava vê-lo.

— Uma senhorita?

— Sim — disse Liduvina —, me parece que é... a pianista!

— Eugenia?

— A própria!

Ficou pasmo. Com um relâmpago de mareado lhe passou pela mente a ideia de despachá-la, de que lhe dissessem que ele não estava em casa. "Veio me conquistar, brincar comigo como com um boneco", se disse, "que entre no seu jogo, que substitua o outro..." Logo pensou melhor. "Não, há que se mostrar forte!"

— Diz que já vou.

Estava pasmado com a intrepidez daquela mulher. "Há que confessar que é toda uma mulher, que é todo um caráter, que arrojo! que resolução! que olhos!; mas, não, não, não, não me dobra! não me conquista!"

Quando Augusto entrou na sala, Eugenia estava de pé. Fez-lhe um sinal para que se sentasse, mas ela, antes de fazê-lo, exclamou:

— Enganaram você, dom Augusto, do mesmo jeito que me enganaram!

Com o que se sentiu o pobre homem desarmado e sem saber o que dizer. Sentaram-se os dois, e se seguiu um brevíssimo silêncio.

— Pois sim, lhe digo, dom Augusto, a você lhe enganaram a meu respeito e a mim me enganaram a seu respeito; isto é tudo.

— Mas se falamos um com o outro, Eugenia!

— Não faça caso do que disse a você. O passado, passado!

— Sim, sempre é o passado, nem pode ser de outra maneira.

— Você me entende. E eu quero que você não dê à minha aceitação de seu generoso donativo outro sentido além do que tem.

— Como eu desejo, senhorita, que não dê a meu donativo outra significação da que tem.

— Assim, lealdade por lealdade. E agora, como devemos falar claro, hei de lhe dizer que depois de todo o passado e de quanto lhe disse, não poderia eu, ainda que quisesse, pretender pagar essa generosa doação de outra maneira que com meu mais puro agradecimento. Assim como você, de sua parte, creio...

— Com efeito, senhorita, de minha parte, depois do passado, do que você me disse em nossa última entrevista, do que a senhora sua tia me contou e do que adivinho, não poderia, ainda que o desejasse, pretender fixar o preço de minha generosidade...

— Estamos, pois, de acordo?

— De perfeito acordo, senhorita.

— E assim poderemos voltar a ser amigos, bons amigos, verdadeiros amigos?

— Poderemos.

Eugenia lhe estendeu sua mão fina, branca e fria como a neve, de afusados dedos feitos para dominar teclados, e estreitou a de Augusto, que naquele momento tremia.

— Seremos, pois, amigos, dom Augusto, bons amigos, ainda que esta amizade a mim...

— Quê?

— Acaso diante do público...

— Quê? Fala! Fala!

— Bem, enfim, depois de dolorosas experiências recentes, já renunciei a certas coisas...

— Explique-se mais claramente, senhorita. Não vale dizer as coisas pela metade.

— Pois bem, dom Augusto, as coisas claras, muito claras. Você acha que é fácil, depois do passado e sabendo, como já se sabe entre nossos conhecidos, que você desipotecou meu patrimônio e me presenteando assim, é fácil que haja alguém que se dirija a mim com certas pretensões?

"Esta mulher é diabólica!", pensou Augusto, e baixou a cabeça olhando para o chão sem saber o que responder. Quando, em um instante, a levantou, percebeu que Eugenia enxugava uma furtiva lágrima.

— Eugenia! — exclamou, e sua voz tremia.

— Augusto! — sussurrou rendidamente ela.

— Mas o que você quer que façamos?

— Oh, não, é a fatalidade, não é mais que a fatalidade; somos joguetes dela. É uma desgraça!

Deixando sua poltrona, Augusto foi sentar-se ao lado de Eugenia.

— Olha, Eugenia, por Deus, não jogue assim comigo! A fatalidade é você, aqui não há mais fatalidade que você. É você que me traz e me leva e me faz dar voltas como um novelo; é você que me deixa louco; é você que me faz quebrar meus mais firmes propósitos; é você que faz com que eu não seja eu...

E lhe lançou o braço ao pescoço, a atraiu para si e a apertou contra seu peito. E ela tranquilamente tirou o chapéu.

— Sim, Augusto, é a fatalidade que nos trouxe a isto. Nem... nem você nem eu podemos ser infiéis, desleais com nós mesmos; nem você pode aparecer querendo me comprar, como eu num momento de cegueira lhe disse, nem eu posso aparecer fazendo de você um substituto, um vice, uma sobremesa, como você disse a minha tia, e querendo nada mais do que premiar sua generosidade...

— Mas o que nos importa, minha Eugenia, o parecer isso ou aquilo? Aos olhos de quem?

— Aos nossos próprios olhos!

— E o que tem, Eugenia minha?

Voltou a apertá-la contra si e lhe beijar a fronte e os olhos. Se ouvia a respiração dos dois.

— Me deixa! Me deixa! — disse ela, enquanto se recompunha e arrumava o cabelo.

— Não! Você... você... você... Eugenia... você...

— Não, eu não, não pode ser...

— Você não me quer?

— Isso de querer... Quem sabe o que é querer? Não sei... não sei... não estou segura disso...

— E isto então?

— Isto é uma... fatalidade do momento!, produto de arrependimento... que sei eu... É preciso pôr essas coisas à prova... E, além disso, não ficamos, Augusto, em que seríamos amigos, bons amigos, mas nada mais que amigos?

— Sim, mas... E aquele teu sacrifício? Aquilo de que por haver aceito minha dádiva, por ser amiga, nada mais que minha amiga, você não terá pretendentes?

— Ah, isso não importa! Já tomei minha decisão!

— Acaso depois daquele rompimento?

— Acaso...

— Eugenia! Eugenia!

Neste momento, ouviu-se chamar à porta, e Augusto, trêmulo, seu rosto afogueado, exclamou com voz seca:

— Que é?

— A Rosario, que espera! — disse a voz de Liduvina.

Augusto mudou de cor, pondo-se lívido.

— Ah! — exclamou Eugenia —, sou um estorvo aqui. É a... Rosario que espera por você. Vê você como não podemos ser mais que amigos, bons amigos, muito bons amigos?

— Mas Eugenia...

— Que espera a Rosario...

— E se me rechaçou, Eugenia, como me rechaçou, me dizendo que eu te queria comprar e a rigor porque você tinha outro, que ia fazer eu se logo que te vi aprendi a te querer? Não sabe por acaso o que é o despeito, o que é o carinho sem ninho?

— Ora, Augusto, me venha essa mão. Voltaremos a nos ver, mas conste que o passado, passado...

— Não, não, o passado, passado, não, não, não!

— Bem, bem, que a Rosario espera...

— Por Deus, Eugenia...

— Não, se nada de estranho tem, também a mim me esperava por um tempo o... Mauricio. Voltaremos a nos ver. E sejamos sérios e leais a nós mesmos.

Pôs o chapéu, estendeu sua mão a Augusto, que, apertando-a, levou-a aos lábios e cobriu de beijos, e saiu, acompanhada por ele até a porta. Observou-a por um momento descer a escada, garbosa e com pé firme. Lá embaixo no patamar, ela ergueu seus olhos e se despediu com um olhar e com a mão. Augusto se voltou para a sala e ao ver Rosario ali de pé, com a cesta de roupas na mão, disse bruscamente:

— Que é?

— Me parece, dom Augusto, que essa mulher está enganando você...

— E o que isso te importa?

— Me importa tudo de você...

— O que você quer dizer é que te estou enganando...

— Isso é o que não me importa.

— Quer me fazer acreditar que depois das esperanças que te dei não está com ciúme?

— Se você soubesse, dom Augusto, como eu fui criada e em que família, compreenderia que ainda que eu seja uma garota estou fora dessas coisas de ciúme. Nós, as de minha posição...

— Cala!

— Como você quiser. Mas te repito que essa mulher está enganando você. Se não fosse assim, e se você quer e esse é teu gosto, que mais ia querer eu senão que você se casasse com ela?

— Mas você diz isso tudo de verdade?

— De verdade.

— Quantos anos você tem?

— Dezenove.

— Vem cá — e pegando-a pelos ombros com suas duas mãos a colocou cara a cara consigo e ficou olhando os olhos dela.

E foi Augusto que mudou de cor, não ela.

— A verdade é, garota, que não te entendo.

— Acredito.

— Eu não sei o que é isso, se inocência, malícia, zombaria, perversidade precoce...

— Isso não é mais que carinho.

— Carinho? E por quê?

— Você quer saber por quê? Não vai se ofender se eu disser? Promete não se ofender?

— Anda, me diz.

— Pois bem, por... por... porque o senhor é um infeliz, um pobre homem...

— Também você?

— Como você quiser. Mas confie nesta garota, confie em... Rosario. Mais leal a você... nem Orfeu!

— Sempre?

— Sempre!

— Aconteça o que acontecer?

— Sim, aconteça o que acontecer.

— Então você, você é a verdadeira... — e foi abraçá-la.

— Não, agora não. Quando você estiver mais calmo. E quando não...

— Basta, te entendo.

E se despediram.

E ao ficar só se dizia Augusto: "Entre uma e outra vão me deixar louco de amarrar... eu já não sei...".

— Acho que o senhorzinho deveria se dedicar à política ou algo assim desse estilo — disse Liduvina, enquanto lhe servia a comida —, isso o distrairia.

— De onde te veio isso, mulher de Deus?

— Porque é melhor que uma pessoa se distraia e não que lhe distraiam e... você sabe!

— Bom, pois chame teu marido, Domingo, enquanto termino de comer, e diz que quero jogar uma partida de tute... para que me distraia.

E quando estavam jogando, Augusto deixou o baralho cair sobre a mesa e perguntou:

— Diz, Domingo, quando um homem está enamorado de duas ou mais mulheres de uma vez, que deve fazer?

— Segundo e conforme!

— Como segundo e conforme?

— Sim! Se tem muito dinheiro e muita coragem, case-se com todas elas, mas se não, não case com nenhuma.

— Mas, homem, essa primeira opção não é possível!

— Tendo muito dinheiro tudo é possível!

— E se elas descobrem?

— Elas não se importam com isso.

— Mas como não há de importar, homem, a uma mulher que outra lhe tire parte do carinho do marido?

— Ela se contenta com sua parte, senhorzinho, se não se pôr taxa no dinheiro que ela gasta. O que incomoda uma mulher é quando seu homem lhe impõe ração de comer, de vestir, e tudo o mais, de luxo; mas se lhe deixa gastar o que quiser... Agora, se tem filhos dele...

— Se tem filhos, o quê?

— Que os verdadeiros ciúmes vêm daí, dos filhos. Uma mãe não tolera outra mãe ou alguma outra que possa sê-lo. Uma mãe não tolera que se dê mais atenção para os filhos de outra mãe, ou mesmo para os de outra mulher. Mas se não têm filhos e não lhe taxam o vestível e o comestível, e a sua pompa e a fanfarrice, ah!, aí, senhorzinho, até moléstias lhe alforriam assim. Se ademais um homem tem uma mulher que lhe custe muito e outra que não lhe custe nada, aquela que custa sente ciúmes desta outra que não lhe custa nada, e se além de não custar nada lhe patrocina... se ele leva para uma outra mulher dinheiro que tira da outra, então...

— Então o quê?

— Tudo marcha dentro dos conformes... Acredite, senhorzinho, não há Otelas...

— Nem Desdêmonos...

— Pode ser...!

— Você diz cada uma...

— É que antes de me casar com Liduvina e vir servir na casa do senhorzinho, eu havia servido em muitas outras casas de senhores ricaços. Perdi os dentes de leite nessas casas...

— E na sua classe?

— Na minha classe? Ah, nós não nos permitimos certos luxos...

— E o que você chama de luxo?

— A essas coisas que se vê nos teatros e que se lê nas novelas...

— Pois, homem, não poucos crimes, desses que chamam passionais, por ciúmes, se veem em sua classe...

— Ah, mas isso acontece porque esses... chulos[22] vão ao teatro e leem novelas, porque senão...

— Senão o quê?

— Que todos gostamos, senhorzinho, de fazer teatro, e ninguém é o que é, mas sim o que fazem dele os outros...

— Você está filósofo...

— Assim me chamava o último patrão que tive. Eu acredito no que disse a minha Liduvina, que você deve se dedicar à política.

---

22. Indivíduo de Madri um pouco afetado nos trajes e nos modos. [N.T.]

CAPÍTULO XXI

— Sim, você tem razão — dizia Antonio a Augusto, naquela tarde, no Cassino, falando a sós, num cantinho —, você tem razão, há um mistério doloroso, dolorosíssimo, em minha vida. Você adivinhou algo. Poucas vezes você visitou meu pobre lar... lar?... mas, terá notado...

— Sim, algo estranho, eu não sei que tristeza flutuante que me atraía para lá...

— Apesar de meus filhos, de meus pobres filhos, a você terá parecido um lar sem filhos, acaso sem esposos...

— Não sei... não sei...

— Viemos de longe, de muito longe, fugindo, mas há coisas que vão sempre com um, que lhe rodeiam e envolvem como um ânimo misterioso. Minha pobre mulher...

— Sim, no rosto de sua senhora se adivinha toda uma vida de...

— De martírio, diga você. Pois bem, amigo dom Augusto, você tem sido, não sei bem por quê, por uma certa oculta simpatia, quem maior afeto, mais compaixão acaso nos mostrou, e eu, para fingir uma vez mais que me livro de um peso, vou lhe confiar minhas desditas. Essa mulher, a mãe de meus filhos, não é minha mulher.

— Eu já supunha. Mas se ela é a mãe de seus filhos, se vive com você como sua mulher, é sua mulher.

— Não, eu tenho outra mulher... legítima, como se diz. Estou casado, mas não com a que você conhece. E esta, a mãe de meus filhos, está casada também, mas não comigo.

— Ah, um duplo...

— Não, um quádruplo, como você vai ver. Eu me casei louco, mas inteiramente louco de amor, com uma mulherzinha reservada e muito misteriosa, que falava pouco e parecia querer dizer sempre muito mais do que dizia, com uns olhos garços doces, doces, doces, que pareciam adormecidos e só despertavam de tarde em tarde, mas era então para chispar fogo. Ela era toda assim. Seu coração, sua alma toda, todo seu corpo, que pareciam de ordinário adormecidos, despertavam de repente como em sobressalto, mas era para voltarem a adormecer em um instante, passado o relâmpago de vida, e de que vida!, e logo como se não tivesse sido nada, como se tivesse olvidado tudo o que passou. Era como se estivéssemos sempre recomeçando a vida, como se a estivesse reconquistando continuamente. Me admitiu de noivo como que em um ataque epilético e creio que em outro ataque me deu o sim diante do altar. E nunca pude conseguir que me dissesse se me queria ou não. Quantas vezes lhe perguntei isso, antes e depois de nos casarmos, sempre me respondeu: “Isso não se pergunta; é uma tolice.” Outras vezes dizia que o verbo amar não se usa a não ser no teatro e nos livros, e que se eu lhe tivesse algum dia escrito: “Te amo!”, me teria despedido na hora. Vivemos mais de dois anos casados de uma maneira estranha, renovando eu a cada dia a conquista daquela esfinge. Não tivemos filhos. Um dia não voltou para casa de noite, me pus como louco, a andei buscando por toda a parte, e no dia seguinte soube por uma carta seca e muito breve que havia ido longe, bem longe, com outro homem...

— E você não suspeitou de nada antes, não pressentiu...

— Nada! Minha mulher saía sozinha de casa com bastante frequência, à casa de sua mãe, de umas amigas, e mesmo sua estranha frieza a defendia diante de mim de qualquer suspeita. Eu nunca adivinhei nada naquela esfinge! O homem com quem fugiu era um homem casado, que não só deixou sua mulher e uma filhinha para ir com a minha, mas também levou toda a fortuna da sua, que era regular, depois de tê-la manejado a seu capricho. Isto é, não só abandonou sua esposa como também a arruinou, roubando o que era dela. E naquela seca e breve e fria carta que recebi se fazia alusão ao estado em que ficava a pobre mulher do raptor da minha. Raptor ou raptado... não sei! Por alguns dias, nem dormi, nem comi, nem descansei; não fazia senão passear pelos bairros mais afastados de minha cidade. E estive a ponto de cair nos vícios mais baixos e mais vis. E quando a dor começou a se assentar, a se converter em pensamento, me lembrei daquela outra pobre vítima, daquela mulher que se encontrava sem amparo, roubada de seu carinho e de sua fortuna. Cri que era um caso de consciência, pois que minha mulher era a causa de sua desgraça, ir oferecer a ela minha ajuda pecuniária, já que Deus me deu fortuna.

— Adivinho o resto, dom Antonio.

— Não importa. Fui vê-la. Imagine você aquela nossa primeira conversa. Choramos nossas próprias desgraças, que eram uma desgraça comum. Eu me dizia: "E foi por minha mulher que esse homem deixou esta?", e sentia, por que não hei de lhe confessar a verdade?, sentia uma certa satisfação íntima, algo inexplicável, como se eu tivesse sabido escolher melhor que ele e ele o reconhecesse. E ela, sua mulher, fazia uma reflexão análoga, ainda que invertida, segundo o que depois me declarou. Lhe ofereci minha ajuda pecuniária, o que necessitasse de minha fortuna, e começou me rechaçando. "Trabalharei para viver e manter minha filha", me disse. Porém, insisti e tanto insisti que acabou aceitando. Ofereci fazê-la minha governanta, que viesse viver comigo, claro que indo para bem longe de nossa cidade, e depois de pensar muito aceitou também.

— E é claro, ao irem viver juntos...

— Não, isso demorou, demorou algum tempo. Foi coisa da convivência, de um certo sentimento de vingança, de despeito, de que sei eu... Me prendi não a ela, mas sim a sua filha, a desditada filha do amante de minha mulher; cobrei dela um amor de pai, um violento amor de pai, como o que hoje tenho por ela, pois a quero tanto, tanto, sim, até mais que a meus próprios filhos. Eu a pegava em meus braços, a apertava contra meu peito, a envolvia em beijos e chorava, chorava sobre ela. E a pobre criança me perguntava: "Por que está chorando, papá?", pois lhe fazia que me chamasse assim e por tal me tivesse. E sua pobre mãe ao me ver chorar assim chorava também e alguma vez mesclamos nossas lágrimas sobre a cabecinha loira da filha do amante da minha mulher, do ladrão de minha felicidade.

"Um dia soube", prosseguiu, "que minha mulher havia tido um filho de seu amante, e naquele dia todas as minhas entranhas se sublevaram, sofri como nunca havia sofrido, achei que ia ficar louco e me tirar a vida. O ciúme, o mais brutal dos ciúmes, não o senti até então. A ferida em minha alma, que parecia cicatrizada, se abriu e sangrava, sangrava... sangrava fogo! Havia vivido por mais de dois anos com minha mulher, com minha mulher legítima, e nada!, e agora aquele ladrão!... Me imaginei que minha mulher havia despertado inteiramente e que vivia em pura brasa. A outra, a que vivia comigo, percebeu algo e me perguntou: 'O que te perturba?'. Havíamos combinado nos tutearmos, pela menina. 'Me deixa!', contestei. Mas depois acabei lhe confessando tudo, e ela, ao me ouvir, tremia. E creio que a contagiei com meus ciúmes furiosos..."

— E claro, depois disso...

— Não, veio algo depois e por outro caminho. E foi que um dia, estando os dois com a criança, eu a tinha sobre meus joelhos, e estava lhe contando contos, fábulas e beijando e dizendo bobices, sua mãe se aproximou e começou a acariciá-la também. E então ela, pobrezinha!, me pôs uma de suas mãozinhas sobre o ombro e a outra sobre o de sua mãe, e nos disse: "Papaizinho... mamãezinha... por que não me dão um irmãozinho para que brinque comigo, como têm outras crianças, e eu estou sozinha?". Ficamos lívidos, nos olhamos nos olhos com um desses olhares que desnudam as almas, vimos estas nuas, e logo, para não nos envergonhar, começamos a beijocar a criança, mas algum desses beijos mudou de rumo. Naquela noite, entre lágrimas e furores de ciúmes, engendramos o primeiro irmãozinho da filha do ladrão da minha felicidade.

— Estranha história!

— E foram nossos amores, se você assim quiser chamar, uns amores secos e mudos, feitos de fogo e raiva, sem ternuras de palavras. Minha mulher, a mãe dos meus filhos, quero dizer, porque esta e não outra minha mulher é, como você terá visto, uma mulher graciosa, talvez bonita, mas a mim nunca me inspirou ardor de desejos, apesar de nossa convivência. E ainda depois de tudo isso que acabamos no que lhe digo imaginei não estar excessivamente enamorado dela, até que pude me convencer do contrário. E é que uma vez, depois de um de seus partos, depois do nascimento do nosso quarto filho, ela passou tão mal, tão mal, que achei que ia morrer. Perdeu quase todo o sangue de suas veias, branca como cera, as pálpebras se fechavam... Acreditei que ia perdê-la. E enlouqueci, branco eu também como cera, o sangue me gelava. Então fui a um canto da casa onde ninguém me visse, me ajoelhei e pedi a Deus que me matasse em vez de deixar morrer aquela santa mulher. E chorei e me belisquei e me arranhei o peito até sair sangue. E compreendi com que forte atadura meu coração estava atado ao coração da mãe de meus filhos. E quando esta se recuperou, recobrou a consciência e ficou fora de perigo, aproximei minha boca de seu ouvido, enquanto ela sorria para a vida renascente estendida na cama, e lhe disse o que eu nunca havia dito e que nunca voltei a dizer da mesma forma. E ela sorria, sorria, sorria, olhando o teto. E coloquei minha boca sobre a sua boca e me enlacei com seus braços nus, o pescoço, e acabei chorando de meus olhos sobre seus olhos. "Obrigada, Antonio, obrigada, por mim, por nossos filhos, por todos nossos filhos... todos... todos... todos... por ela, por Rita..." Rita é nossa filha maior, a filha do ladrão... não, não, nossa filha, minha filha. A do ladrão é a outra, é a de que se chamou minha mulher por um tempo. Agora, você consegue compreender tudo?

— Sim, e muito mais, dom Antonio.

— Muito mais?

— Mais, sim! De modo que você tem duas mulheres, dom Antonio.

— Não, não, não tenho mais que uma, uma só, a mãe de meus filhos. A outra não é minha mulher, não sei nem se é do pai de sua filha.

— E essa tristeza...

— A lei é sempre triste, dom Augusto. E é mais triste um amor que nasce e cresce sobre o túmulo de outro e como uma planta que se alimenta, como que de adubo, da podridão de outra planta. Crimes, sim, crimes alheios nos juntaram, e é nossa união acaso crime? Eles romperam o que não se deve romper, por que não poderíamos nós amarrar os cabos solteiros?[23]

23. Cabo solteiro: na marinharia, cabo sem aplicação específica, que fica à mão para ser utilizado em qualquer eventualidade. [N.E.]

— Não voltaram a saber...

— Não quisemos voltar a saber. E agora nossa Rita já é uma mulherzinha; um belo dia se casa. Com meu nome, com certeza, com meu nome, e faça logo a lei o que quiser fazer. É minha filha e não do ladrão; eu a criei.

CAPÍTULO XXII

— E aí, tudo bem? — perguntava Augusto a Víctor —, como você recebeu o intruso?

— Ah, você não acreditaria nunca! Todavia, na véspera de nascer, nossa irritação era enorme. Enquanto estava lutando para vir ao mundo, você nem imagina os insultos que Elena me lançava. "Você, a culpa é tua, você!", me dizia. "Sai da minha frente, fica longe de minha vista! Não te dá vergonha estar aqui? Se eu morrer, a culpa é tua!" E outras vezes: "Esta, e nunca mais! Esta, e nunca mais!". Mas nasceu e tudo mudou. Parece que tínhamos despertado de um sonho e como se tivéssemos acabado de nos casar. Eu fiquei cego, totalmente cego; esse bebê me cegou. Tão cego que todos dizem que minha Elena ficou desfiguradíssima com a gravidez e o parto, que está feito um esqueleto e que envelheceu pelo menos uns dez anos, e a mim me parece mais corada, mais viçosa, mais jovem e até mais carnuda que nunca.

— Isso me lembra, meu caro Víctor, a lenda do fogueteiro que ouvi em Portugal.

— Vai.

— Você sabe que em Portugal isso dos fogos de artifício, a pirotecnia, é uma verdadeira bela arte. Quem nunca viu os fogos de artifício em Portugal não sabe tudo o que se pode fazer com isso. E que nomenclatura, meu Deus!

— Mas que venha a lenda!

— Aqui vou. Pois o caso é que havia em uma aldeia portuguesa um pirotécnico ou fogueteiro, que tinha uma mulher belíssima, que era seu consolo, seu encanto e seu orgulho. Estava loucamente enamorado dela, mas seu orgulho era ainda maior. Tinha prazer em causar inveja, por assim dizer, aos demais mortais e a passear com ela, como que dizendo: "Estão vendo essa mulher? Vocês gostam? Sim, hein? Pois é minha, só minha! e a se gabar." Não cansava senão de considerar as excelências da formosura de sua mulher e até pretendia que era a inspiradora de suas mais belas produções pirotécnicas, a musa de seus fogos de artifício. E eis que uma vez, preparando um destes, enquanto estava, como de costume, sua formosa mulher ao seu lado para lhe inspirar, a pólvora pega fogo, há uma explosão e têm que tirar o marido e a mulher desmaiados, e com gravíssimas queimaduras. A mulher queimou boa parte do rosto e do busto, de tal maneira que ficou horrivelmente desfigurada, mas ele, o fogueteiro, teve a sorte de ficar cego e não ver o desfiguramento de sua mulher. E depois disso continuava orgulhoso da beleza de sua mulher e a elogiando a todos e caminhando ao lado dela, agora convertida em sua guia, com o mesmo ar e talhe de arrogante desafio de antes. "Vocês já viram mulher mais bela?", perguntava, e todos, sabedores de sua história, se compadeciam do pobre fogueteiro e meditavam sobre a formosura de sua mulher.

— E aí, ela não continuava sendo bela para ele?

— Talvez ainda mais que antes, como, para você, sua mulher depois que te deu o intruso.

— Não o chame assim!

— Foi coisa tua.

— Sim, mas não quero ouvi-la de outro.

— Isso acontece muito; o apelido que damos a alguém nos soa de outro modo quando dito por outra pessoa.

— Sim, dizem que ninguém conhece sua voz...

— Nem sua cara. Eu pelo menos sei por mim que uma das coisas que me dão mais pavor é ficar me olhando no espelho, a sós, quando ninguém me vê. Acabo por duvidar de minha própria existência e me imaginar, vendo-me como um outro, que sou um sonho, um ente de ficção...

— Pois não se olhe assim...

— Não posso remediar isso. Tenho a mania da introspecção.

— Pois vai se acabar como os faquires, que dizem que contemplam o próprio umbigo.

— Acredito que se alguém não conhece sua voz nem sua cara, tampouco conhece algo que seja seu, muito seu, como se fosse parte dele...

— Sua mulher, por exemplo.

— De fato; imagino que deve ser impossível conhecer aquela mulher com quem se convive e que acaba por fazer parte de nós. Não ouviu aquilo que dizia um dos nossos maiores poetas, Campoamor?

— Não, o que ele dizia?

— Pois dizia que quando alguém se casa, se o faz enamorado de verdade, no começo não pode tocar o corpo de sua mulher sem se encolerizar, se incendiar em desejo carnal, mas o tempo passa, se acostuma, e chega o dia que é o mesmo tocar com a mão a coxa nua de sua mulher e a sua própria coxa, mas também então se tivesse que cortar a coxa de sua mulher lhe doeria tanto como se cortassem a sua.

— E assim é, na verdade. Você não sabe como sofri no parto!

— Ela mais.

— Quem sabe?... E agora como já é algo meu, parte de meu ser, me dei tão pouca conta disso que dizem que se desfigurou e enfeiou, como alguém que não se dá conta de que se desfigura, que envelhece, que enfeia.

— Mas você acredita que há alguém que não se dá conta de que envelhece e enfeia?

— Não, ainda que diga isso. Mas a coisa é contínua e demorada. Agora, se de repente acontece algo a alguém!... Mas isso de se sentir envelhecer, qual! O que um sente é que as coisas ao redor dele envelhecem ou rejuvenescem. E isso é tudo que sinto agora ao ter um filho. Porque você sabe o que costumam dizer os pais apontando para os seus filhos: "Estes, estes são os que nos fazem velhos!". Ver um filho crescer é o mais doce e o mais terrível, creio. Não te case, pois, Augusto, não te case se quiser gozar a ilusão de uma juventude eterna.

— E o que vou fazer se não me casar? Como vou passar o tempo?

— Se dedique à filosofia.

— E por acaso não é o casamento a melhor, talvez a única escola de filosofia?

— Não, homem, não! Pois percebeu quantos e quão grandes filósofos solteiros existiram? Lembra agora que, à parte os que foram frades, temos Descartes, Pascal, Spinoza, Kant...

— Não me fale dos filósofos solteiros!

— E Sócrates, não se lembra de como despachou de seu lado a sua mulher, Xantipa, no dia em que ia morrer, para que não o perturbasse?

— Não me fale tampouco disso. Não me resolvo a crer senão que isso que Platão nos conta não é senão uma novela...

— Ou uma *nivola*...

— Como quiser.

E, rompendo bruscamente a voluptuosidade da conversação, saiu.

Na rua, um mendigo se aproximou dele, dizendo: "Uma esmola, por Deus, senhor, que tenho sete filhos!...". "Não devia tê-los feito!", contestou Augusto mal-humorado. "Queria muito ver o que você faria em meu lugar", replicou o mendigo, acrescentando: "E que quer você que façamos os pobres se não fizermos filhos... para os ricos?". "Tem razão", replicou Augusto, "e por ser filósofo, aí vai, toma!", e lhe deu uma peseta, que o bom homem foi na hora gastar na taberna mais próxima.

CAPÍTULO XXIII

O pobre Augusto estava consternado. Não era só que se encontrasse, como o asno de Buridán[24], entre Eugenia e Rosario; era aquilo de se enamorar de quase todas as que via, em vez de minguar, ia medrando. E chegou a descobrir coisas fatais!

— Vai, vai, Liduvina, por Deus! Vai, me deixa sozinho! Anda, vai! — dizia uma vez à sua criada.

E apenas ela se foi, apoiou os cotovelos sobre a mesa, a cabeça nas palmas das mãos, e se disse: "Isso é terrível, verdadeiramente terrível! Me parece que sem me dar conta disso vou me enamorando... até de Liduvina! Pobre Domingo! Sem dúvida. Ela, apesar de seus cinquenta anos, ainda está com aparência, muito bem, sobretudo abundante de carnes, e quando alguma vez sai da cozinha com os braços arregaçados e tão redondos... Vamos, que isso é uma loucura! E esse queixo duplo e essas pregas que se fazem no seu pescoço!... Isto é terrível, terrível, terrível...".

"Vem cá, Orfeu", prosseguiu, pegando o cachorro. "O que você acha que devo fazer? Como vou me defender disso até que enfim me decida e me case? Ah!, já!, uma ideia, uma ideia luminosa, Orfeu! Convertamos a mulher, que assim me persegue, em matéria de estudo. Que te parece que me dedique à psicologia feminina?

24. Fábula atribuída ao filósofo escolástico Buridán (1300-1358), comentador de Aristóteles, de quem partiu o exemplo: um asno que morre de fome e de sede tendo um saco de cevada e um pote de água em sua frente por não saber decidir entre os dois. [N.E.]

Sim, sim, e farei duas monografias, já que agora levam muito a sério as monografias; uma se intitulará *Eugenia*, e a outra, *Rosario*, acrescentando: *Estudo de mulher*. Que te parece minha ideia, Orfeu?"

E decidiu ir se consultar com Antolín S. — ou seja, Sánchez — Paparrigópulos, que então se dedicava a estudos de mulheres, ainda que mais nos livros do que na vida.

Antolín S. Paparrigópulos era o que se chamava de um erudito, um jovem que haveria de dar dias de glória à pátria, elucidando suas mais ignoradas glórias. E se o nome S. Paparrigópulos ainda não soava entre aquela juventude buliçosa, que à força de ruído queria atrair sobre si a atenção pública, era porque possuía a verdadeira qualidade íntima da força: a paciência, e porque era tal seu respeito ao público e a si mesmo que dilatava a hora de sua apresentação até que, suficientemente preparado, se sentisse seguro no solo que pisava.

Muito longe de buscar com qualquer novidade arlequinesca um efêmero renome de relumbre cimentado sobre a ignorância alheia, aspirava em quantos trabalhos literários tinha em projeto, à perfeição do que cabe no humano sem sair, sobretudo, dos lindeiros da sensatez e do bom gosto. Não queria desafinar para se fazer ouvir, mas sim reforçar com sua voz, devidamente disciplinada, a formosa sinfonia genuinamente nacional e castiça.

A inteligência de S. Paparrigópulos era clara, sobretudo clara, de uma transparência maravilhosa, sem nebulosidade nem embolismos de nenhuma espécie. Pensava em castelhano nítido, sem assomo algum de hórridas brumas setentrionais nem sotaques de decadentismos de bulevar parisiense, em limpo castelhano, e era assim como pensava: sólido e fundo, porque o fazia com a alma do povo que o sustentava e a quem devia seu espírito. As névoas hiperbóreas lhe pareciam bem entre os bebedores de cerveja encabeçada, mas não nesta claríssima Espanha de céu esplendente e de saudável Valdepeñas engessado. Sua filosofia era a do malogrado Becerro de Bengoa, que depois de chamar Schopenhauer de tio raro assegurava que não teriam ocorrido a este as coisas que ocorreram, nem teria sido pessimista, se tivesse bebido Valdepeñas em vez de cerveja, e que dizia também que a neurastenia provém de alguém se meter com o que não lhe importa, e que se cura com salada de burro.[25]

Convencido S. Paparrigópulos de que em última instância tudo é forma, forma mais ou menos interior, o universo mesmo um caleidoscópio de formas encaixadas umas nas outras, e de que pela forma vivem quantas grandes obras os séculos salvam, trabalhava com o esmero dos maravilhosos artífices do Renascimento a linguagem com que havia de revestir seus futuros trabalhos.

Havia tido a virtuosa fortaleza de resistir a todas as correntes de sentimentalismo neorromântico e a essa moda assoladora pelas questões chamadas sociais. Convencido de que a questão social é insolúvel aqui embaixo, de que sempre haverá pobres e ricos e que não se pode esperar mais alívio do que o que aportem a caridade destes e a resignação daqueles, apartava seu espírito de disputas que a nada útil conduzem e se refugiava na puríssima região da arte imaculada, onde não alcança as maravilhas das paixões e onde o homem encontra consolador refúgio para as desilusões da vida. Abominava, além disso, o estéril cosmopolitismo, que não faz senão com que os espíritos sumam em sonhos de impotência e utopias enervadoras e amava esta sua idolatrada Espanha, tão caluniada quanto desconhecida de não poucos de seus filhos; a esta Espanha que haveria de dar a matéria-prima dos trabalhos sobre os quais fundaria sua futura fama.

---

25. A alface romana é chamada popularmente, na Espanha, de orelha de burro. [N.T.]

Dedicava Paparrigópulos as poderosas energias de seu espírito a investigar a íntima vida passada de nosso povo, e era seu labor tão abnegado quanto sólido. Aspirava a nada menos que ressuscitar aos olhos de seus compatriotas o nosso passado — isto é, o presente de seus bisavós —, e, conhecedor do engano de quantos o intentavam com pura fantasia, buscava e rebuscava em todo gênero de velhas memórias para levantar sobre inamovíveis silhares o edifício de sua erudita ciência histórica. Não havia sucesso passado, por insignificante que parecesse, que não tivesse a seus olhos um preço inestimável.

Sabia que há de se aprender a ver o universo em uma gota d'água, que com um osso constitui o paleontólogo um animal inteiro e que com uma asa de vaso toda uma velha civilização o arqueólogo, sem desconhecer tampouco que não deve mirar-se as estrelas com microscópio e com telescópio a um infusório, como os humoristas costumam fazer para ver turvo. Mas ainda que soubesse que uma asa de vaso bastava ao arqueólogo genial para reconstruir uma arte enterrada nos limbos do olvido, como em sua modéstia não se tinha por gênio, preferia duas asas a uma asa só — quanto mais asas melhor —, e preferia um vaso inteiro a uma asa só.

"Tudo o que em extensão parece ganhar-se, perde-se em intensidade"; tal era seu lema. Sabia Paparrigópulos que em um trabalho o mais especificado, na mais concreta monografia pode verter-se uma filosofia inteira, e acreditava, sobretudo, nas maravilhas da diferenciação do trabalho e no enorme progresso aportado às ciências pela abnegada legião dos fura-rãs, dos caça-vocábulos, dos prevê-datas e conta-gotas de toda laia.

Tentavam em especial sua atenção os mais árduos e arrevesados problemas de nossa história literária, tais como o da pátria de Prudêncio, ainda que, ultimamente, em consequência, dizia-se, de algumas reprovações femíneas, se dedicava ao estudo das mulheres espanholas dos séculos passados.

Em trabalhos de índole insignificante na aparência era onde havia de ver e admirar a agudeza, a sensatez, a perspicácia, a maravilhosa intuição histórica e a penetração crítica de S. Paparrigópulos. Havia de ver suas qualidades assim, aplicadas e em concreto, sobre o vivo, e não em abstrata e pura teoria; havia de vê-lo em ação. Cada dissertação daquelas era todo um curso de lógica indutiva, um monumento tão maravilhoso como a obra de Lionnet sobre a lagarta do salgueiro, e uma amostra, sobretudo, do que é o austero amor à santa Verdade. Fugia da engenhosidade como da peste e acreditava que só acostumando-nos a respeitar a divina Verdade, ainda que na coisa mínima, poderemos render o devido culto à coisa máxima.

Preparava uma edição popular dos apólogos de Calila e Dimna com uma introdução sobre a influência da literatura indiana na Idade Média espanhola, e oxalá tivesse chegado a publicá-la, porque sua leitura teria, seguramente, apartado o povo da taberna e de perniciosas doutrinas de impossíveis redenções econômicas. Mas as duas obras-primas que projetava Paparrigópulos eram uma história dos escritores obscuros espanhóis, isto é, daqueles que não figuram nas histórias literárias correntes ou figuram só em rápida menção pela suposta insignificância de suas obras, corrigindo assim a injustiça dos tempos, injustiça que tanto deplorava e também temia, e era outra sua obra acerca daqueles cujas obras se perderam sem que nos reste mais que a menção de seus nomes e no máximo os títulos das que escreveram. E estava a ponto de acometer a história daqueles outros que havendo pensado em escrever não chegaram a fazê-lo.

Para o melhor logro de seus empreendimentos, uma vez nutrido do substancioso miolo de nossa literatura nacional, havia se banhado nas estrangeiras, e como isto se lhe fazia penoso, pois era torpe para línguas estrangeiras e sua aprendizagem exigia tempo que para mais altos estudos necessitava, recorreu a um notável expediente, aprendido de seu ilustre mestre. E era que lia as principais obras de crítica e história literária que se publicaram no estrangeiro, sempre que as achasse em francês, e uma vez que havia colhido a opinião média dos críticos mais reputados, a respeito deste ou daquele, folheava-o num abrir e fechar de olhos para cumprir com sua consciência e ficar livre para refazer juízos alheios sem desonra para sua escrupulosa integridade de crítico.

Vê-se, pois, que S. Paparrigópulos não era um desses jovens espíritos vagabundos e erráticos que passeiam sem rumo fixo pelos domínios do pensamento e da fantasia, lançando acaso aqui e ali tal qual faísca fugitiva, não! Suas tendências eram rigorosa e solidamente itinerárias; era dos que vão a alguma parte. Se em seus estudos não havia de aparecer nada altaneiro, dever-se-ia a que neles tudo era cume, como planaltos, cópia fiel das vastas e assoalhadas planuras castelhanas onde ondeia a safra dourada e substanciosa.

Assim desse a Providência à Espanha muitos Antolines Sánchez Paparrigópulos! Com eles, fazendo-nos todos donos de nosso tradicional pecúlio, poderíamos sacar gordos rendimentos. Paparrigópulos aspirava — e aspira, pois ainda vive e segue preparando seus trabalhos — a introduzir a relha de seu arado crítico, ainda que só um centímetro a mais que os aradores que o haviam precedido em seu campo, para que a safra cresça, mercê de novas seivas, mais garrida e as espigas deem mais grãos e a farinha seja mais rica e os espanhóis comamos melhor e mais barato pão espiritual.

Dissemos que Paparrigópulos segue trabalhando e preparando seus trabalhos para dá-los à luz. E assim é. Augusto havia tido notícia dos estudos de mulheres a que se dedicava por amigos comuns de um e de outro, mas não havia publicado nada e nem publicou até o momento.

Não faltam outros eruditos que com a característica caridade da espécie, havendo vislumbrado Paparrigópulos e invejosos de antemão da fama que preveem que o espera, tratam de apequená-lo. Tal há um que disse de Paparrigópulos que, como a raposa, apaga com o rabo as próprias pegadas, dando voltas e mais voltas por outros roteiros para despistar o caçador e que não sabe por onde pegar a galinha, quando se peca por algo é por deixar de pé os andaimes uma vez terminada a torre, impedindo assim que se admire e veja bem esta. Outro lhe chama desdenhosamente de orador, como se orar não fosse arte suprema. O de mais adiante o acusa, já de traduzir, já de ajeitar ideias tomadas do estrangeiro, esquecendo que ao revesti-las Paparrigópulos em tão limpo, castiço e transparente castelhano como é o seu, as faz castelhanas, e portanto próprias, não de outro modo como o Padre Isla fez o *Gil Blas* de Lesage. Alguém escarnece que seu principal apoio é sua profunda fé na ignorância ambiente, desconhecendo o que assim o julga que a fé é transportadora de montanhas. Mas a suprema injustiça destes e outros rancorosos juízos de pessoas a quem Paparrigópulos fez nenhum mal, sua injustiça notória, se verá bem clara com só ter em conta que Paparrigópulos ainda nada deu à luz, e que todos os que lhe mordem os calcanhares falam de oitivas e por não calar.

Não se pode, enfim, escrever sobre este erudito singular senão com repousada serenidade e sem ânsias *nivolescas* de nenhuma classe.

Neste homem, quero dizer, neste erudito, pois, pensou Augusto, sabedor que se dedicava a estudos das mulheres, claro está que nos livros, onde fica menos exposto ao se tratar delas, e de mulheres de séculos passados, que são também muito menos expostas para quem as estuda do que as mulheres de hoje.

A este Antolín, erudito solitário que por timidez em dirigir-se às mulheres na vida e para vingar-se dessa timidez as estudava nos livros, foi a quem recorreu Augusto para com ele se aconselhar.

Nem bem expôs seu propósito e o erudito prorrompeu:

— Ai, pobre senhor Pérez, como me compadeço de você! Quer estudar as mulheres? Tarefa lhe mando...

— Como você a estuda...

— Há que sacrificar-se. O estudo, e estudo obscuro, paciente, silencioso, é a minha razão de ser na vida. Mas eu, como você já sabe, sou um modesto, modestíssimo operário do pensamento, que acumulo e ordeno materiais para que outros que venham depois de mim saibam aproveitá-los. A obra humana é coletiva; nada que não seja coletivo não é sólido nem durável...

— E as obras dos grandes gênios? *A divina comédia* de Dante, a *Eneida* de Virgílio, as peças de Shakespeare, um quadro de Velásquez...

— Tudo isso é coletivo, muito mais coletivo que se crê. *A divina comédia*, por exemplo, foi preparada por toda uma série...

— Sim, já sei isso.

— E a respeito de Velázquez... a propósito, você conhece o livro de Justi sobre ele?

Para Antolín, o principal, quase o único valor das grandes obras-primas do engenho humano, consiste em haver provocado um livro de crítica ou de comentário; os grandes artistas, poetas, pintores, músicos, historiadores, filósofos, nasceram para que um erudito faça sua biografia e um crítico comente suas obras, e uma frase qualquer de um grande escritor direto não adquire valor até que um erudito não a repita e cite a obra, a edição e a página em que a expôs. E tudo aquilo da solidariedade do trabalho coletivo não era mais que inveja da impotência. Pertencia à classe desses comentadores de Homero que se o próprio redivivo entrasse em seu escritório cantando seus versos o expulsariam aos empurrões, porque lhes estorvava trabalhar sobre os textos mortos de suas obras e buscar um *apax*[26] qualquer nelas.

— Mas, bem, o que opina você sobre a psicologia feminina? — perguntou Augusto.

— Uma pergunta assim, tão vaga, tão genérica, tão em abstrato, não tem um sentido preciso para um modesto pesquisador como eu, amigo Pérez, para um homem que não sendo gênio, nem desejando sê-lo...

— Nem desejando?

— Sim, nem desejando. É mau ofício. Pois bem, essa pergunta carece de sentido preciso para mim. O respondê-la exigiria...

— Sim, como aquele seu outro confrade que escreveu um livro sobre a psicologia do povo espanhol e sendo, ao que parece, espanhol e vivendo entre espanhóis, não lhe ocorreu senão dizer que este disse isto e aquele aquilo outro e fazer uma bibliografia.

— Ah, a bibliografia! Sim, já sei...

— Não, não continue você, amigo Paparrigópulos, e me diga o mais concretamente que saiba e possa o que acha da psicologia feminina.

— Teria que começar por suscitar uma primeira questão, que é se a mulher tem alma.

— Homem!

— Ah, não podemos desprezá-la assim, de maneira tão absoluta...

"Ele a terá?", pensou Augusto, e logo:

— Bom, o que na mulher faz as vezes da alma... o que você crê?

26. Em filologia, *apax logomena* são palavras que aparecem uma única vez em um autor e em sua obra. [N.T.]

— Me promete você, amigo Pérez, guardar o segredo do que vou lhe dizer?... Ainda que... não, não... você não é um erudito.

— Que quer você dizer com isso?

— Que você não é um desses que estão a roubar de alguém a última coisa que ouviram e dá-la como sua...

— Mas será possível...?

— Ah, meu amigo Pérez, o erudito é por natureza um ladrãozinho; e lhe digo isso porque eu, eu, eu sou um. Os eruditos andamos a tirar uns dos outros das pequenas coisinhas que investigamos e a impedir que outro se nos adiante.

— Se compreende: o que tem armazém guarda sua mercadoria com mais zelo que o que tem fábrica; há que guardar a água do poço, não a do manancial.

— Pode ser. Pois bem, se você, que não é um erudito, me promete guardar o segredo até que eu o revele, lhe direi que encontrei em um obscuro e quase desconhecido escritor holandês do século XVII uma interessantíssima teoria a respeito da alma da mulher...

— Vejamos.

— Diz esse escritor, e o diz em latim, que assim como cada homem tem sua alma, as mulheres, todas, não têm senão mais que uma só e mesma alma, uma alma coletiva, algo assim como o intelecto ativo de Averróis, repartida entre todas elas. E acrescenta que as diferenças que se observam no modo de sentir, pensar e querer de cada mulher provêm não mais que das diferenças do corpo, devido à raça, clima, alimentação, etc., e que por isso são tão insignificantes. As mulheres, disse esse escritor, se parecem entre elas muito mais que os homens, e é porque todas são uma só e mesma mulher...

— Está aí porque, amigo Paparrigópulos, assim que me enamorei de uma me senti em seguida enamorado de todas as demais.

— Está claro! E acrescenta esse interessantíssimo e quase desconhecido ginecólogo que a mulher tem muito mais individualidade, porém muito menos personalidade, que o homem; cada uma delas sente-se mais ela, mais individual que cada homem, mas com menos conteúdo.

— Sim, sim, creio entrever o que seja.

— E por isso, amigo Pérez, dá no mesmo estudar uma mulher ou várias. A questão é aprofundar-se naquela a cujo estudo você se dedique.

— E não seria melhor tomar duas ou mais para poder fazer o estudo comparativo? Porque você já sabe que agora abunda isto do comparativo...

— De fato, a ciência é comparação; mas no caso das mulheres não é mister comparar. Quem conhece uma, uma só e bem, conhece todas, conhece a Mulher. Além disso, você já sabe que tudo que se ganha em extensão se perde em intensidade.

— De fato, e eu desejo me dedicar ao cultivo intensivo e não ao extensivo da mulher. Mas duas pelo menos... pelo menos duas...

— Não, duas, não! De maneira nenhuma! Se não se contentar com uma, que eu creio é o melhor e é bastante tarefa, pelo menos três. A dualidade não fecha.

— Como que a dualidade não fecha?

— Está claro! Com duas linhas não se fecha espaço. O mais simples polígono é o triângulo. Pelo menos três.

— Mas o triângulo carece de profundidade. O mais simples poliedro é o tetraedro; de modo que pelo menos quatro.

— Mas duas não, nunca! Se passar de uma, pelo menos três. Mas aprofunde-se você em uma.

— Tal é meu propósito.

CAPÍTULO XXIV

Quando Augusto saiu de sua entrevista com Paparrigópulos ia se dizendo: "De modo que tenho que renunciar a uma das duas ou buscar uma terceira. Ainda que para isto do estudo psicológico bem me pode servir de terceiro termo, de termo puramente ideal de comparação, Liduvina. Tenho, pois, três: Eugenia, que me fala à imaginação, à cabeça; Rosario, que me fala ao coração; e Liduvina, minha cozinheira, que me fala ao estômago. E cabeça, coração e estômago são as três faculdades da alma que outros chamam de inteligência, sentimento e vontade. Se pensa com a cabeça, se sente com o coração e se quer com o estômago. Isto é evidente! E agora...".

"Agora", prosseguiu pensando, "uma ideia luminosa, luminosíssima! Ideia brilhante, brilhantíssima! Vou fingir que quero pretender de novo a Eugenia, vou solicitá-la de novo, ver se me admite como noivo, como futuro marido, para claro que não mais que prová-la, como um experimento psicológico e seguro que estou de que ela me rechaçará... pois não faltava mais! Tem que me rechaçar! Depois do passado, depois do que em nossa última entrevista me disse, não é já possível que me admita. É uma mulher de palavra, creio. Mas... será que as mulheres têm palavra? Será que a mulher, a Mulher, assim, com letra maiúscula, a única, a que se reparte em milhões de corpos femininos e mais ou menos formosos — mais bem mais que menos —, será que a Mulher está obrigada a guardar sua palavra? Esse negócio de guardar a palavra não é uma característica masculina? Mas, não, não! Eugenia não pode me admitir; não me quer. Não me quer e já aceitou minha dádiva. E se aceitou minha dádiva e a desfruta, para que vai me querer?

"Mas... e se voltando atrás do que me disse?", pensou logo, "me diz que sim e que me aceita como noivo, como futuro marido? Porque é preciso supor tudo. E se ela me aceitar?, digo. Me desgosta! Me pesca com meu próprio anzol! Isso sim seria o pescador pescado! Mas não, não! não pode ser! Mas e se for? Ah, então não me resta senão me resignar! Resignar-se? Sim, resignar--se. Tem que se saber se resignar diante da boa fortuna. E acaso a resignação à felicidade é a ciência mais difícil. Não nos disse Píndaro que todas as desgraças de Tântalo[27] lhe provieram de não ter podido digerir sua felicidade? Tem que digerir a felicidade! E se Eugenia me diz que que sim, que me aceita, então... venceu a psicologia! Viva a psicologia! Mas, não, não, não! Não me aceitará, não pode me aceitar, ainda que seja só para contrariar! Uma mulher como Eugenia não dá o braço a torcer; a Mulher, quando se põe frente ao Homem para ver qual tem mais firmeza e constância em seus propósitos, é capaz de tudo... Não, não me aceitará!"

— Rosario lhe aguarda.

Com estas três palavras, grávidas de sentimento, Liduvina interrompeu o curso das reflexões de seu amo.

— Diz, Liduvina, você acredita que vocês as mulheres são fiéis ao que disseram uma vez? Vocês sabem guardar a palavra?

— Segundo e conforme.

— Sim, o estribilho do teu marido. Mas responde diretamente e não como as mulheres estão acostumadas a fazer, que rara vez respondem ao que se pergunta, senão ao que vocês imaginam o que se ia perguntar a vocês.

27. Tântalo: na mitologia grega, testou a onisciência dos deuses e como castigo foi lançado ao Tártaro, onde, num vale abundante em vegetação e água, foi sentenciado a não poder saciar sua fome e sede. [N.E.]

— E o que é que você quis me perguntar?

— Se vocês mulheres guardam uma palavra que vocês tenham dado?

— Segundo a palavra.

— Como segundo a palavra?

— Pois está claro! Umas palavras se dão para guardar e outras para não guardar. Já ninguém se engana, porque é valor entendido...

— Bem, bem, diz a Rosario que entre.

E quando Rosario entrou lhe perguntou Augusto:

— Diz, Rosario, que você acha? Que uma mulher deve guardar a palavra que deu ou não deve guardar?

— Não me recordo de haver dado a você palavra alguma...

— Não se trata disso, senão se deve ou não uma mulher guardar a palavra que deu...

— Ah, sim, você diz pela outra... por essa mulher...

— Você é que diz, mas o que você acha?

— Pois eu não entendo dessas coisas...

— Não importa!

— Bem, já que você insiste, lhe direi que o melhor é não dar palavra alguma.

— Mas e se deu?

— Não tinha que dar.

"Está visto", se disse Augusto, "que a esta garota não tiro daí. Mas já que está aqui, vou por em jogo a psicologia, vou levar a cabo uma experimentação."

— Vem cá, senta aqui — e lhe ofereceu seus joelhos.

A garota obedeceu tranquilamente e sem se perturbar, como coisa acordada e prevista. Augusto em troca ficou confuso e sem saber por onde começar sua experiência psicológica. E como não sabia o que dizer... fazia. Apertava Rosario contra seu peito ofegante e lhe cobria o rosto de beijos, se dizendo no meio disso:

"Me parece que vou perder o sangue-frio necessário para a investigação psicológica." Até que de repente se deteve, pareceu acalmar-se, afastou Rosario um pouco de si e lhe disse de repente:

— Mas você não sabe que quero outra mulher?

Rosario se calou, olhando-o fixamente e encolhendo os ombros.

— Mas você não sabe? — repetiu ele.

— E a mim o que me importa isso agora?

— Como não te importa?

— Agora, não! Agora você quer é a mim, me parece.

— A mim também me parece, mas...

E então ocorreu algo insólito, algo que não entrava nas previsões de Augusto, em seu programa de experiência psicológica sobre a Mulher, e era que Rosario bruscamente enlaçou os braços em seu pescoço e começou a beijá-lo. O pobre homem apenas teve tempo para pensar: "Agora sou eu o experimentado; esta garota está fazendo estudos de psicologia masculina." E sem se dar conta do que fazia surpreendeu-se acariciando com as mãos trêmulas a batata das pernas de Rosario.

Levantou-se de repente Augusto, a seguir levantou Rosario no ar e a lançou no sofá. Ela se deixava fazer, com o rosto afogueado. E ele, prendendo os braços dela com suas mãos, ficou olhando-a nos olhos.

— Não feche os olhos, Rosario, não feche, por Deus! Abra os olhos. Assim, assim, cada vez mais! Deixa que eu me veja neles, tão pequenininho...

E ao ver-se a si mesmo naqueles olhos como em um espelho vivo, sentiu que a primeira exaltação ia se amornando.

— Deixa que eu me veja em seus olhos como em um espelho, que me veja tão pequenininho... Só assim chegarei a me conhecer... me vendo em olhos de mulher...

E o espelho o olhava de modo estranho. Rosario pensava: "Este homem não se parece com os demais... Deve estar louco."

Afastou-se Augusto dela rapidamente, se olhou a si mesmo, depois se apalpou, exclamando no fim:

— E agora, Rosario, me perdoa.

— Lhe perdoar? Por quê?

Havia na voz da pobre Rosario mais medo que algum outro sentimento. Sentia desejos de fugir, porque ela se dizia: "Quando alguém começa a dizer ou a fazer coisas sem sentido não se sabe onde vai parar. Este homem seria capaz de me matar numa fúria de loucura." E lhe brotaram umas lágrimas...

— Vê você? — disse Augusto —, vê você? Sim, me perdoa, Rosarinha, me perdoa... Não sabia o que fazia...

E ela pensou: "O que não se sabe é o que não se faz."

— E agora, vai, vai!

— Me manda embora você?

— Não, me defendo! Não te mando embora não, Deus me livre! Se você quiser irei eu e você fica aqui, para que veja que não te mando embora.

"Não tem dúvida, não está bem, nada bem", pensou ela, e sentiu pena dele.

— Vai, vai, e não me olvide, hein? — a pegou pelo queixo, acariciando-o. — Não me olvide, não olvide o pobre Augusto.

A abraçou e lhe deu um longo e apertado beijo na boca. Ao sair, a garota lhe dirigiu um olhar cheio de um misterioso medo. E logo que ela saiu, pensou para si Augusto: "Me despreza, sem dúvida nenhuma me despreza; fui ridículo, ridículo, ridículo... Mas, o que sabe ela, pobrezinha, dessas coisas? Que sabe ela de psicologia?"

Se o pobre Augusto tivesse então podido ler no espírito de Rosario, teria se desesperado mais. Porque a ingênua garota ia pensando: "Qualquer dia volto a me dar um gosto assim, em benefício da... outra vadia...".

A exaltação ia voltando a Augusto. Sentia que o tempo perdido não volta trazendo as ocasiões que se desperdiçaram. Entrou-lhe uma raiva de si mesmo. Sem saber o que fazer e para ocupar o tempo chamou Liduvina e, ao vê-la diante de si, tão serena, tão roliça, sorrindo maliciosamente, foi tal e tão insólito o sentimento que o invadiu, que lhe dizendo "Vai, vai, vai!" saiu para a rua. É que temeu um momento não poder se conter e atacar Liduvina.

Ao sair para a rua, acalmou-se. A multidão é como um bosque: põe cada um seu lugar, o reencaixa.

"Estarei bem da cabeça?", ia pensando Augusto. "Será acaso que enquanto eu creio ir formalmente pela rua, como as pessoas normais — e o que é uma pessoa normal? —, vá fazendo gestos, contorções e pantomimas, e que as pessoas que eu creio que passam sem me olhar ou me olham indiferentemente não façam isso senão que estejam todos com os olhos fixos em mim, e rindo ou se compadecendo...? E esta ocorrência, não é acaso loucura? Estarei louco de verdade? E em último caso, ainda que esteja, o quê? Um homem de coração, sensível, bom, se não fica louco é porque é um perfeito estúpido. O que não está louco ou é tonto ou sagaz. O que não quer dizer, claro está, que os sagazes e os tontos não enlouqueçam."

"O que fiz com Rosario", prosseguiu pensando, "foi ridículo, simplesmente ridículo. Que terá pensado de mim? E o que me importa o que pense de mim uma garota assim?... Pobrezinha! Mas... com que ingenuidade se deixava fazer! É um ser fisiológico, perfeitamente fisiológico, nada mais que fisiológico, sem psicologia alguma. É inútil, pois, tomá-la como coelhinha das Índias, uma cobaia ou uma rãzinha, para experimentos psicológicos. No máximo, fisiológico... Mas o que é a psicologia, e sobretudo a feminilidade, é algo mais que fisiologia, ou, caso se queira, psicologia fisiológica? Tem alma a mulher? E a mim para me meter em experimentos psicofisiológicos me falta preparação técnica. Nunca estive em nenhum laboratório... careço, além disso, de aparatos. E a psicofisiologia exige aparatos. Estarei, pois, louco?"

Depois de ter se desafogado nestas meditações pedestres, em meio à atarefada multidão indiferente às suas aflições, sentiu-se já tranquilo e voltou para casa.

CAPÍTULO XXV

Augusto foi ver Víctor, acariciar o tardio filho deste, recrear-se na contemplação da nova felicidade daquele lar, e de passagem consultar com ele sobre o estado de seu espírito. E, ao encontrar-se a sós com o amigo, disse:

— E aquela novela, ou... como era mesmo?... ah, sim! *nivola*! que você estava escrevendo? suponho que agora, com o filho, você a tenha abandonado.

— Pois supõe mal. Precisamente por isso, por já ser pai, voltei a ela. E nela desafogo o bom humor que me transborda.

— Gostaria de me ler algo dela?

Víctor, então, pegou as folhas de papel e começou a ler trechos por aqui e por ali para seu amigo.

— Mas, homem, você mudou! — exclamou Augusto.

— Por quê?

— Porque aí há coisas que raiam o pornográfico e até às vezes vão além dele...

— Pornográfico? De maneira nenhuma! O que há aqui são cruezas, mas não pornografias. Alguma vez algum nu, mas um despido... O que há é realismo...

— Realismo, sim, e além disso...

— Cinismo, não é isso?

— Cinismo, sim!

— Mas o cinismo não é pornografia. Estas cruezas são um modo de excitar a imaginação para conduzi-la a um exame mais penetrante da realidade das coisas; estas cruezas são cruezas... pedagógicas. Isso aí, pedagógicas!

— E algo grotescas...

— De fato, não te nego. Gosto da bufonaria.

— Que no fundo é sempre tétrica.

— Por isso mesmo. Não me agradam senão as piadas lúgubres, as graças funerárias. O riso pelo riso mesmo me dá horror, me dá medo. O riso não é senão que a preparação para a tragédia.

— Pois em mim essas bufonadas cruas me produzem um efeito detestável.

— Porque você é um solitário, Augusto, um solitário, entenda bem, um solitário... E eu as escrevo para curar... Não, não, não as escrevo para nada, a não ser porque me diverte escrevê-las, e caso divirtam as pessoas que as leem, me dou por pago. Mas se também logro com elas colocar no caminho da cura algum solitário como você, de solidão dupla...

— Dupla?

— Sim, solidão de corpo e solidão de alma.

— A propósito, Víctor...

— Sim, já sei o que você vai me dizer. Veio me consultar sobre teu estado, que desde faz algum tempo é alarmante, verdadeiramente alarmante, não é isso?

— Sim, é isso.

— Adivinhei. Pois bem, Augusto, te casa e te casa o quanto antes.

— Mas... com qual?

— Ah, mas há mais de uma?

— E como você também adivinhou isso?

— Muito simples. Se você tivesse perguntado: mas, com quem?, não teria suposto que há mais de uma nem que essa uma exista; mas ao perguntar: mas, com qual?, entende-se com qual das duas, ou três, ou dez, ou *n*.

— É verdade.

— Te casa, pois, te casa, e com qualquer uma das *n* de que você está enamorado, com a que você tenha mais à mão. E sem pensar demais. Você sabe, eu casei sem pensar; tiveram que nos casar.

— É que agora me dei a me dedicar às experiências da psicologia feminina.

— A única experiência psicológica sobre a Mulher é o casamento. O que não se casa jamais poderá experimentar psicologicamente a alma da Mulher. O único laboratório de psicologia feminina ou de ginepsicologia é o casamento.

— Mas isso não tem remédio!

— Nenhuma experimentação de verdade tem. Todo o que se mete a experimentar algo, mas guardando a retirada, não queimando os navios, nunca sabe nada certo. Jamais confie em outro cirurgião a não ser naquele que se tenha amputado a si mesmo algum próprio membro, nem te entregue ao alienista que não esteja louco. Te casa, pois, se você quer saber psicologia.

— De modo que os solteiros...

— A dos solteiros não é psicologia; não é mais que metafísica, isto é, mais além da física, mais além do natural.

— E que é isso?

— Pouco menos que no que você está.

— Eu estou na metafísica? Mas, se eu, querido Víctor, não estou mais além do natural, senão mais aquém dele?

— É igual.

— Como que é igual?

— Sim, mais aquém do natural é o mesmo que mais além, como mais além do espaço é o mesmo que mais aquém dele. Vê está linha? — e traçou uma linha no papel. — Prolongada por um e pelo outro extremo ao infinito, os extremos se encontrarão, fecharão no infinito, onde tudo se encontra e tudo se liga. Toda reta é curva de uma circunferência de raio infinito e no infinito se fecha. Logo, dá no mesmo o mais aquém do natural que o mais além. Não está claro?

— Não, está escuríssimo, muito escuro.

— Pois porque está tão escuro, te casa!

— Sim, mas... me assaltam tantas dúvidas!

— Melhor assim, pequeno Hamlet, melhor. Duvida?, logo pensa; pensa?, logo é.

— Sim, duvidar é pensar.

— E pensar é duvidar, nada mais que duvidar. Se crê, se sabe, se imagina, sem duvidar; nem a fé, nem o conhecimento, nem a imaginação supõem dúvida e até a dúvida as destrói, mas não se pensa sem duvidar. E é a dúvida o que da fé e do conhecimento, que são algo estático, quieto, e morto, faz pensamento, que é dinâmico, inquieto, vivo.

— E a imaginação?

— Sim, aí cabe alguma dúvida. Costumo duvidar do que hei de fazer dizer ou fazer os personagens de minha *nivola*, e mesmo depois de que os fiz dizer ou fazer algo duvido se estive bem e se é o que em verdade lhes corresponde. Mas... passo por tudo! Sim, sim, cabe dúvida no imaginar, que é um pensar...

... ...

Enquanto Augusto e Víctor sustinham essa conversação nivolesca, *eu, o autor desta* nivola, *que você tem, leitor, nas mãos e está lendo, me sorria enigmaticamente ao ver que meus* nivolescos *personagens estavam advogando por mim e justificando meus procedimentos, e me dizia a mim mesmo: "Quão longe estarão estes infelizes de pensar que não estão fazendo outra coisa que tratar de justificar o que eu estou fazendo com eles! Assim, quando alguém busca razões para se justificar, não faz outra coisa que justificar a Deus. E eu sou o Deus destes dois pobres-diabos* nivolescos.*"*

... ...

CAPÍTULO XXVI

Augusto dirigiu-se à casa de Eugenia disposto a tentar a última experiência psicológica, a definitiva, ainda que temendo que ela o rechaçasse. Encontrou-se com ela na escadaria, que ela descia para sair enquanto ele subia para entrar.

— Você por aqui, dom Augusto?

— Sim, eu; mas já você tem que sair, deixarei para outro dia; volto.

— Não, meu tio está lá em cima.

— Não é com seu tio, é com você, Eugenia, com quem tinha que falar. Deixemos para outro dia.

— Não, não, voltemos. A hora é agora.

— É que se seu tio está aí.

— Ah, ele é anarquista! Não o chamaremos.

E obrigou Augusto a subir com ela. O pobre homem, que havia ido com ares de experimentador, agora se sentia rã.

Quando ficaram a sós na sala, Eugenia, sem tirar o chapéu, com o traje de passeio que havia entrado, disse:

— Bem, saibamos o que é que tinha a me dizer.

— Pois... pois... — e o pobre Augusto balbuciava —, pois... pois...

— Bem; pois, o quê?

— Que não posso descansar, Eugenia; que já dei mil voltas na mente às coisas que nos dissemos na última vez que falamos, e que apesar de tudo não posso me resignar, não, não posso me resignar, não posso!

— E a que é que você não pode se resignar?

— Pois, a isto, Eugenia, a isto!

— E que é isto?

— A isto, a que não sejamos mais que amigos...

— Mais que amigos!... Lhe parece pouco a você, senhor dom Augusto? Ou será que você quer que sejamos menos que amigos?

— Não, Eugenia, não, não é isso.

— Pois, que é?

— Por Deus, não me faça sofrer...

— O que se faz sofrer é você mesmo.

— Não posso me resignar, não!

— Pois, que quer você?

— Que sejamos... marido e mulher!

— Acabei de entender!

— Para acabar tem que começar.

— Mas e a palavra que você me deu?

— Não sabia o que dizia...

— E Rosario, aquela...

— Oh, por Deus, Eugenia, não me lembra disso!, não pensa na Rosario!

Eugenia então tirou o chapéu, deixou-o sobre uma mesinha, voltou a sentar-se e logo pausadamente e com solenidade disse:

— Pois bem, Augusto, já que você, que é ao fim e ao cabo um homem, não se crê obrigado a guardar a palavra, eu que não sou nada mais que uma mulher tampouco devo guardá-la. Além disso, quero livrá-lo de Rosario e das demais Rosarios ou Petras que possam te envolver. O que não fez a gratidão por teu desprendimento nem fez o despeito do que com Mauricio me passou — já vê que te sou franca — faz a compaixão. Sim, Augusto, você me dá pena, muita pena! — e ao dizer isso lhe deu duas leves palmadinhas no joelho com a mão direita.

— Eugenia! — e estendeu os braços, como que para abraçá-la.

— Eh, cuidadinho! — exclamou ela afastando-os e furtando-se deles —, cuidadinho!

— Pois a outra vez... a última vez...

— Sim, mas então era diferente!

"Estou fazendo papel de rã", pensou o psicólogo experimental.

— Sim — prosseguiu Eugenia —, a um amigo, nada mais que amigo, pode-se permitir certas pequenas liberdades que não se deve outorgar ao... vamos, ao... noivo!

— Pois não compreendo...

— Quando nos tenhamos casado, Augusto, te explicarei. E agora, quietinho!

"Isto é fato", pensou Augusto, que se sentiu já completa e perfeitamente rã.

— E agora — agregou Eugenia levantando-se —, vou chamar meu tio.

— Para quê?

— Ora, para lhe dar parte!

— É verdade — exclamou Augusto, consternado.

Em um instante chegou dom Fermín.

— Vê você, tio — disse Eugenia —, aqui tem você a dom Augusto Pérez, que veio pedir minha mão em casamento. E eu a concedi.

— Admirável! Admirável! — exclamou dom Fermín. — Admirável! Vem cá, minha filha, vem cá para que eu te abrace! Admirável!

— Tanto te admira a você, tio, que vamos nos casar?

— Não, o que me admira, o que me arrebata, o que me subjuga é a maneira de haver resolvido esse assunto, só os dois, sem mediadores... viva a anarquia! E é lástima, é lástima que para levar a cabo o seu propósito vocês tenham que recorrer à autoridade... Mas claro que sem acatá-la no foro interno de suas consciências, hein?, *pro forma*, nada mais que *pro forma*. Porque eu sei que vocês já se consideram marido e mulher! Em todo caso, eu, eu só, em nome do Deus anárquico, caso vocês! E isso basta. Admirável! Admirável! Dom Augusto, desde hoje esta casa é sua casa!

— Desde hoje?

— Você tem razão, sim, foi sempre. Minha casa... minha? Esta casa que habito foi sempre de você, foi sempre de todos meus irmãos. Mas desde hoje... você me entende.

— Sim, ele entende você, tio.

Naquele momento chamaram à porta, e Eugenia disse:

— Tia!

E ao entrar esta na sala e ver aquilo, exclamou:

— Já, inteirada! Então é coisa certa? Isso eu já sabia!

Augusto pensava: "Rã! Rã completa! E me pescaram entre todos!".

— Você vai ficar hoje para comer com a gente, claro, para celebrar... — disse dona Ermelinda.

— E há remédio? — escapou da pobre rã.

CAPÍTULO XXVII

Começou então para Augusto uma nova vida. Quase todo dia passava na casa de sua noiva e estudava não psicologia, mas estética.

E Rosario? Rosario não voltou a sua casa. Na vez seguinte que lhe levaram a roupa passada foi outra quem a levou, uma mulher qualquer. E apenas se atreveu a perguntar por que Rosario já não vinha. Para quê, se já adivinhava? E esse desprezo, porque não era senão desprezo, bem o conhecia, e longe de doer, quase lhe fez graça. Bem. Bem, desforraria ele em Eugenia. Que, por certo, continuava com aquilo de: "Ei, cuidadinho e mãos calmas!". Ela era boa para outra coisa!

Eugenia o mantinha a ração de olhar e não mais que olhar, lhe incendiando o apetite. Uma vez ele lhe disse:

— Me entram umas ganas de fazer uns versos para teus olhos!

E ela lhe respondeu:

— Faz!

— Mas para isso — acrescentou ele — seria conveniente que você tocasse um pouco o piano. Te ouvindo nele, em teu instrumento profissional, me inspiraria.

— Mas já sabe, Augusto, que desde que, graças à tua generosidade, pude ir deixando minhas lições, não voltei a tocar piano e lhe tenho horror! Me custou tantos incômodos!

— Não importa, toca, Eugenia, toca para que eu escreva meus versos.

— Que seja, mas uma única vez!

Eugenia sentou-se a tocar piano e enquanto o tocava Augusto escreveu isto:

Minha alma andava longe do meu corpo
pelas brumas perdida da ideia,
perdida além nas notas dessa música
e que alguns dizem cantam as esferas;
lá jazia meu corpo solitário
sem alma e triste errando pela terra.
Nascidos para arar juntos a vida
não viviam: porque ele era matéria
tão só, e ela era nada mais que espírito
buscando completarem-se, doce Eugenia!
Mas teus olhos brotaram como fontes
de luz viva lá sobre a minha estrada
e tomaram minha alma e a trouxeram
do vago céu à duvidosa terra
meteram-na em meu corpo, e desde então,
somente desde então, eu vivo, Eugenia!
Teus olhos são como pregos ígneos
que cravam o meu corpo em meu espírito
que fazem com que sonhe febril o sangue
e que em carne converte minha mente.
Se apagasse essa luz de minha vida
separados espírito e matéria,
me perderia em brumas celestiais,
e lá na profundeza da voraz treva!

— Que te parecem? — perguntou Augusto logo depois de tê-los lido.

— Como meu piano, pouco ou nada musicais. E isso de "e que alguns dizem"...

— Sim, é para lhe dar familiaridade.

— E o "doce Eugenia!" me parece supérfluo.

— O quê? Então você é supérflua?

— Aí nesses versos sim! E logo tudo isso me parece muito... muito...

— Vamos, sim, muito *nivolesco*.

— O que é isso?

— Nada, um jogo que jogamos eu e o Víctor.

— Pois ouça, Augusto, não quero jogos em minha casa quando nos casarmos, sabe? Nem jogos nem cachorros. Portanto, já pode ir pensando no que vai fazer de Orfeu...

— Mas, Eugenia, por Deus! Você sabe como eu o encontrei, pobrezinho! se além disso ele é meu confidente... se é a quem dirijo meus monólogos todos...!

— Quando nos casarmos não haverá mais monólogos em minha casa. O cachorro está sobrando!

— Por Deus, Eugenia, pelo menos até que tenhamos um filho...

— Se o tivermos...

— Claro, se o tivermos. E se não, por que não o cachorro? por que não o cachorro, de quem já se disse com tanta justiça que seria o melhor amigo do homem se tivesse dinheiro...?

— Não, se tivesse dinheiro o cachorro não seria amigo do homem, estou segura disso. É porque não tem que é seu amigo.

Outro dia Eugenia disse a Augusto:

— Ouça, Augusto, tenho que te dizer uma coisa grave, muito grave, e te rogo que me perdoe de antemão se o que vou te dizer...

— Por Deus, Eugenia, fala!

— Você sabe que aquele noivo que tive...

— Sim, Mauricio.

— Mas não sabe por que tive que despachar ao muito sem-vergonha...

— Não quero saber.

— Isso te honra. Pois bem, tive que despachar aquele vagabundo e sem-vergonha, mas...

— Quê? Te persegue ainda?

— Ainda!

— Ah, se eu o pego!...

— Não, não é isso. Me persegue, mas não já com as intenções que você crê, mas com outras.

— Só vendo!

— Não se alarme, Augusto, não se alarme! O pobre Mauricio não morde, ladra.

— Ah, pois faça o que diz o provérbio árabe: "Se vai parar todo cão que te saia a ladrar pelo caminho, nunca vai chegar ao fim dele." Não adianta atirar pedras. Não lhe faço caso.

— Creio que existe outro meio melhor.

— Qual?

— Levar por prevenção alguns pedaços de pão dormido nos bolsos e ir atirando aos cachorros que saem ladrando para nós, porque ladram por fome.

— O que você quer dizer?

— Que agora Mauricio não pretende senão que você lhe busque uma colocação qualquer ou um modo de viver e disse que me deixará em paz, senão...

— Senão...

— Ameaça me perseguir para me comprometer...

— Desavergonhado! Bandido!

— Não se exalte. Acho que o melhor é tirá-lo do meio de nós buscando uma colocação qualquer que lhe dê para viver e que seja o mais longe possível. É, além disso, de minha parte, algo de compaixão, porque o pobrezinho é como é, e...

— Talvez você tenha razão, Eugenia. E, olha, acho que poderei arranjar tudo. Amanhã mesmo falarei com um amigo meu e me parece que lhe arranjaremos esse emprego.

E, de fato, pôde encontrar o emprego e conseguir que o mandassem para bem longe.

CAPÍTULO XXVIII

Fechou a cara Augusto quando em uma manhã Liduvina anunciou que um jovem o esperava e percebeu logo que era Mauricio. Esteve por despedi-lo sem ouvi-lo, porém lhe atraía aquele homem que foi por um tempo noivo de Eugenia, ao que esta quis e acaso seguia querendo de algum modo; aquele homem que talvez soubesse da que ia ser mulher dele, Augusto, intimidades que este ignorava; daquele homem que... Havia algo que os unia.

— Venho, senhor — começou submissamente Mauricio —, para lhe agradecer pelo insigne favor que, graças à mediação de Eugenia, você se dignou me outorgar...

— Você não tem que me agradecer, meu senhor, e espero que, de agora em diante, você deixará em paz a que vai ser minha mulher.

— Mas se eu não a perturbei no mínimo que fosse!

— Sei bem a que me ater.

— Desde que me despediu, e fez bem em me despedir, porque eu não sou o que a ela corresponde, procurei me consolar o melhor que pude dessa desgraça e respeitar, por certo, suas determinações. E se ela disse a você outra coisa...

— Lhe rogo que não volte a mencionar a que vai ser minha esposa, e muito menos que insinue sequer que ela tenha faltado o mínimo que seja com a verdade. Console-se como puder e deixe-nos em paz.

— É verdade. E volto a lhes agradecer a vocês dois pelo favor que me fizeram me proporcionando esse empreguinho. Irei trabalhar e me consolarei como possa. Por certo penso em levar comigo uma garota...

— E a mim o que me importa isso, cavalheiro?

— É que parece que você deve conhecê-la...

— Como? Como? Você quer fazer piada...

— Não, não... É uma tal de Rosario, que está em uma lavanderia e que me parece costumava trazer para você a roupa passada...

Augusto empalideceu. "Saberá este tudo?", se disse, e isso lhe aumentou ainda mais sua anterior suspeita de que aquele homem soubesse de Eugenia o que ele não sabia. Mas se recompôs de pronto e perguntou:

— E a que vem você agora com isso?

— Me parece — prosseguiu Mauricio, como se não tivesse ouvido nada — que aos desprezados se deve deixar que nos consolemos uns aos outros.

— Mas o que você quer dizer, homem, o que você quer dizer? — e pensou Augusto se ali, naquele que foi o cenário de sua última aventura com Rosario, estrangularia ou não aquele homem.

— Não se exalte assim, dom Augusto, não se exalte assim! Não quero dizer senão o que disse. Ela... a que você não quer que eu mencione, me desprezou, me despachou, e eu me encontrei com essa pobre garota, a que outro desprezou e...

Augusto não pôde já se conter; empalideceu primeiro, se incendiou depois, e, levantou-se, pegou Mauricio pelos dois braços, levantou-o no ar e o arremessou no sofá, sem se dar conta clara do que fazia, como para estrangulá-lo. Então, Mauricio, ao se ver no sofá, disse com a maior frialdade:

— Olhe-se você agora, dom Augusto, em minhas pupilas e verá que pequenino se vê...

O pobre Augusto acreditou se derreter. Pelo menos a força toda de seus braços se derreteu, começou o aposento a se converter em névoa diante de seus olhos; pensou: "Estarei sonhando?", e percebeu que Mauricio, já de pé e na frente dele, o olhava com um sorriso cafajeste.

— Oh, não foi nada, dom Augusto, não foi nada. Você me perdoa, um arrebatamento... nem sei sequer o que fiz... nem me dei conta... E graças, graças, outra vez graças, graças a você... e a ela! Adeus!

Apenas Mauricio saiu, Augusto chamou Liduvina.

— Diz, Liduvina, quem esteve aqui comigo?

— Um jovem.

— E como ele era?

— Mas você necessita mesmo que eu diga?

— De verdade, esteve alguém aqui comigo?

— Senhorzinho!

— Não... não... me jura que esteve aqui comigo um jovem e me diga os sinais dele... alto, louro, não é isso? de bigode, mais grosso que magro, de nariz aquilino... esteve?

— Mas você está bem, dom Augusto?

— Não foi um sonho?...

— Como não o sonhamos os dois...

— Não, não podem sonhar dois ao mesmo tempo a mesma coisa. E precisamente se conhece que algo não é sonho quando não é de um só...

— Pois, sim, esteja tranquilo, sim! Esteve esse jovem que disse.

— E o que disse ao sair?

— Ao sair não falou comigo... nem o vi...

— E você, sabe quem é, Liduvina?

— Sim, sei quem é. O que foi noivo...

— Sim, basta. E agora, de quem é?

— Isso já seria saber demais.

— Como vocês mulheres sabem muitas coisas que ninguém ensina a vocês...!

— Sim, e em troca não logramos aprender as que querem nos ensinar.

— Pois bem, diz a verdade, Liduvina: não sabe com quem anda agora esse... devasso?

— Não, mas imagino.

— Por quê?

— Pelo que você está me dizendo.

— Bem, chame agora o Domingo.

— Para quê?

— Para saber se estou também todavia sonhando ou não, e se você é de verdade Liduvina, sua mulher, ou se...

— Ou se Domingo está sonhando também? Mas acho que há outra coisa melhor.

— Qual?

— Que venha Orfeu.

— Tem razão, esse não sonha!

Um instante depois, tendo Liduvina já saído, entrava o cachorro.

"Vem cá, Orfeu", disse seu amo, "vem cá! Pobrezinho! que poucos dias te restam para viver comigo! Ela não te quer em casa. E onde vou te deixar? que vou fazer de você? que será de você sem mim? Você é capaz de morrer, eu sei! Só um cachorro é capaz de morrer ao se ver sem amo. E eu fui mais que teu amo, teu pai, teu deus! Não te quer em casa, te afasta do meu lado! Será que você, o símbolo da fidelidade, lhe estorva em casa? Quem sabe...!

Às vezes, um cachorro surpreende os mais secretos pensamentos das pessoas com quem vive, e ainda que se cale... E tenho que me casar, não tenho mais remédio a não ser me casar... se não, jamais vou sair do sonho! Tenho que despertar.

"Mas por que me olha assim, Orfeu? Parece que chora sem lágrimas!... Será que quer me dizer algo? Te vejo sofrer por não ter palavras. Com que pressa assegurei que você não sonha! Você, sim, que está sonhando, Orfeu! Por que somos homens os homens senão porque há cachorros e gatos e cavalos e bois e ovelhas e animais de toda classe, sobretudo domésticos? Será que na falta de animais domésticos em que descarregar o peso da animalidade da vida teria o homem chegado à sua humanidade? Será que se o homem não tivesse domesticado o cavalo não andaria a metade de nossa linhagem levando nas costas a outra metade? Sim, é a vocês que se deve a civilização. E às mulheres. Mas não será por acaso a mulher outro animal doméstico? E se não houvesse mulheres, seriam homens os homens? Ai, Orfeu, vem de fora quem de casa te expulsa!"

E o apertou contra seu peito, e o cachorro, que parecia de fato chorar, lhe lambia a barba.

CAPÍTULO XXIX

Tudo estava já disposto para a boda. Augusto a queria recolhida e modesta, mas ela, sua futura mulher, parecia preferir que lhe desse mais boato e repercussão.

À medida que se aproximava aquele prazo, o noivo ardia para tomar certas pequenas liberdades e confianças, e ela, Eugenia, se mantinha ainda mais em reserva.

— Mas se dentro de alguns dias vamos ser um do outro, Eugenia!

— Por isso mesmo. É preciso que comecemos já a nos respeitar.

— Respeito... respeito... O respeito exclui o carinho.

— Isso é o que você pensa... Homens, iguais!

E Augusto notava nela algo estranho, algo forçado. Uma vez lhe pareceu que procurava se esquivar de seus olhares. E se lembrou de sua mãe, de sua pobre mãe, e do desejo que sempre sentiu de que o filho se casasse bem. E agora, perto de se casar com Eugenia, lhe atormentava mais o que Mauricio lhe dissera de levar a Rosario. Sentia ciúmes, uns ciúmes furiosos, e a raiva por ter deixado passar uma ocasião, pelo ridículo em que ficou diante da garota. "Agora, estarão os dois rindo de mim", se dizia, "e ele duplamente, por ter deixado e me jogado em cima a Eugenia e porque me leva a Rosario." E uma vez teve furiosas ganas de romper seu compromisso e de ir à conquista de Rosario, de arrebatá-la de Mauricio.

— E daquela garota, daquela Rosario, o que foi feito? — lhe perguntou Eugenia uns dias antes da boda.

— E por que vem me lembrar disso agora?

— Ah, sim, você não gosta de lembranças, vou te deixar.

— Não... não... mas...

— Sim, como uma vez ela interrompeu uma entrevista nossa... Não voltou a saber dela? — e o olhou com um olhar daqueles que atravessam.

— Não, não voltei a saber dela.

— Quem a estará conquistando ou quem a terá conquistado a estas horas?... — e afastando seu olhar de Augusto o fixou no vazio, mais além do que via.

Pela mente do noivo passaram, em tropel, estranhos agouros. "Ela parece saber algo", se disse, e logo em voz alta:

— Você sabe de alguma coisa?

— Eu? — contestou ela, fingindo indiferença, e voltou a olhar para ele.

Entre os dois flutuava sombra de mistério.

— Suponho que tenha esquecido dela...

— Mas por que essa insistência em falar dessa... garota?

— Que sei eu! Porque, falando de outra coisa, o que passará a um homem quando outro lhe tira a mulher que pretendia e a leva?

A Augusto lhe subiu à cabeça uma grande onda de sangue quando ouviu isso. Entraram-lhe ganas de sair, correr em busca de Rosario, ganhá-la e voltar com ela a Eugenia para dizer a esta: "Aqui está ela, e é minha e não de... teu Mauricio!".

Faltavam três dias para o da boda. Augusto saiu da casa de sua noiva pensativo. Quase não dormiu naquela noite.

Na manhã seguinte, mal despertou, entrou Liduvina em seu quarto.

— Aqui tem uma carta para o senhorzinho; acabam de trazê-la. Me parece que é da senhorita Eugenia...

— Carta? dela? dela carta? Deixa aí e vai!

Saiu Liduvina. Augusto começou a tremer. Um estranho desassossego lhe agitava o coração. Lembrou-se de Rosario, logo de Mauricio. Mas não quis tocar a carta. Olhou com terror o envelope. Levantou-se, lavou-se, vestiu-se, pediu o café da manhã, devorando-o às pressas. "Não, não quero lê-la aqui", se disse. Saiu de sua casa, foi à igreja mais próxima, e ali, entre uns quantos devotos que ouviam missa, abriu a carta. "Aqui terei que me conter", se disse, "porque eu não sei que coisas me diz o coração." E dizia a carta:

"Apreciável Augusto: Quando ler estas linhas eu estarei com Mauricio a caminho da cidade para onde este vai destinado graças à sua bondade, à qual também devo poder desfrutar de minhas rendas, que com o soldo dele nos permitirá viver juntos com algum desafogo. Não te peço que me perdoe, porque depois disto creio que você se convencerá de que nem eu teria feito você feliz nem você muito menos a mim. Quando te passar a primeira impressão voltarei a te escrever para te explicar por que dou este passo agora e desta maneira. Mauricio queria que tivéssemos escapado no dia mesmo da boda, depois de sair da igreja; mas seu plano era muito complicado e me parece, além disso, uma crueldade inútil. E como te disse em outra ocasião, creio que ficaremos amigos. Tua amiga,

"Eugenia Domingo del Arco

"P.S.: Rosario não vem conosco. Te fica aí e você pode te consolar com ela."

Augusto se deixou cair em um banco, aniquilado. Pouco tempo depois, se ajoelhou e rezava.

Ao sair da igreja, lhe parecia que ia tranquilo, mas era uma terrível tranquilidade de vergonha. Dirigiu-se à casa de Eugenia, onde encontrou os pobres tios consternados. A sobrinha lhes havia comunicado por carta sua decisão e não havia voltado para casa à noite. O casal havia tomado um trem que saiu ao anoitecer, bem pouco tempo depois da última entrevista de Augusto com sua noiva.

— E que fazemos agora? — disse dona Ermelinda.

— Que podemos fazer, senhora — contestou Augusto —, senão aguentarmos?

— Isso é uma indignidade! — exclamou dom Fermín —, essas coisas não deviam ficar sem um castigo exemplar!

— Você, dom Fermín, você, o anarquista...?

— E o que tem a ver? Essas coisas não se fazem assim. Não se engana assim a um homem!

— Ao outro não enganou! — disse friamente Augusto, e depois de ter dito isso se aterrorizou com a frialdade com que o dissera.

— Mas o enganará... o enganará... não duvide você!

Augusto sentiu um diabólico prazer só de imaginar que no fim Eugenia enganaria Mauricio. "Mas não já comigo", disse bem baixinho, de modo que apenas ele ouvisse a si mesmo.

— Bem, senhores, lamento o sucedido, e mais que nada por sua sobrinha, mas devo me retirar.

— Você compreenderá, dom Augusto, que nós... — disse dona Ermelinda.

— Claro, claro!... Mas...

Aquilo não podia se prolongar. Augusto, depois de breves palavras mais, saiu.

Ia aterrado de si e do que lhe passava, melhor ainda, do que não lhe passava. Aquela frialdade, ao menos aparente, com que recebeu o golpe da burla suprema, aquela calma lhe fazia até duvidar da própria existência. "Se eu fosse um homem como os demais", se dizia, "com coração, se fosse sequer um homem, se existisse de verdade, como poderia ter recebido isso com a relativa tranquilidade com que recebo?" E começou, sem se dar conta disso, a se apalpar, e até se beliscou para ver se se sentia.

De repente percebeu que alguém puxava uma de suas pernas. Era Orfeu, que tinha ido ao seu encontro para consolá-lo. Ao ver Orfeu, sentiu, coisa estranha!, uma grande alegria, o tomou nos braços e lhe disse: "Te alegra, meu Orfeu, te alegra!, alegremo-nos os dois! Já não te expulsam de casa; já não te separam de mim, já não nos separaremos um do outro! Viveremos juntos na vida e na morte! Não há mal que por bem não venha, por grande que seja o mal e por pequeno que seja o bem, ou o inverso. Você, você é fiel, meu Orfeu, você é fiel! Eu já suponho que algumas vezes buscará sua cachorra, mas não por isso foge de casa, não por isso me abandona; você, você é fiel. E olha, para que não tenha nunca que sair, vou trazer uma cachorra para casa, sim, vou te trazer uma. Porque agora será que você saiu ao meu encontro para me consolar da dor que devia ter ou será que me encontra ao voltar de uma visita à tua cachorra? De qualquer modo, você é fiel, você, e já ninguém jamais vai te expulsar de minha casa, ninguém vai nos separar."

Entrou em sua casa, e nem bem se voltou a ver nela, só, se lhe desencadeou na alma uma tempestade que parecia calma. Invadiu-lhe um sentimento em que estavam confundidos tristeza, amarga tristeza, ciúmes, raiva, medo, ódio, amor, compaixão, desprezo e, sobretudo, vergonha, uma enorme vergonha, e a terrível consciência do ridículo em que ficava.

— Me matou! — disse a Liduvina.

— Quem?

— Ela.

E se fechou em seu quarto. Ao mesmo tempo que as imagens de Eugenia e Mauricio, apresentava-se ao seu espírito a de Rosario, que também zombava dele. E lembrava de sua mãe. Se lançou sobre a cama, mordeu a almofada, não acertava se dizer nada de concreto, emudeceu o seu monólogo, sentiu como que se agachar sua alma, e rompeu a chorar. E chorou, chorou, chorou. E no pranto silencioso se derretia o pensamento.

CAPÍTULO XXX

Víctor encontrou Augusto afundado em um canto do sofá, olhando através do chão.

— Que é isso? — perguntou, pondo-lhe uma das mãos sobre o ombro.

— E me pergunta que é isto? Não sabe o que me aconteceu?

— Sim, sei o que aconteceu por fora, isto é, o que ela fez: o que não sei é o que acontece por dentro, isto é, não sei por que você está assim...

— Parece impossível!

— Se te foi um amor, o de A; não te fica o de B, ou o de C, ou o de X ou de outra qualquer das *n*?

— Não é ocasião para brincadeiras, acho.

— Ao contrário, esta é a ocasião para brincadeiras.

— Não é o amor que me dói; é o dolo, a fraude, a burla! Zombaram de mim, me escarneceram, me ridicularizaram! Quiseram demonstrar... que sei eu?, que eu não existo.

— Que felicidade!

— Não zombe, Víctor.

— E por que não hei de zombar? Você, querido experimentador, quis tomá-la como rã e ela te tomou como rã, a você. Mergulha, pois, no charco, a coaxar, a viver!

— Te rogo outra vez...

— Que eu não brinque, é? Pois vou brincar. Para essas ocasiões é que se fez a burla.

— É que isso é corrosivo.

— E tem que corroer. E tem que confundir. Sobretudo confundir, confundir tudo. Confundir o sonho com a vigília, a ficção com a realidade, o verdadeiro com o falso; confundir tudo numa só névoa. A piada que não é corrosiva e confundente não serve para nada. O menino ri na tragédia; o velho chora na comédia. Você quis fazê-la de rã, ela te fez rã; aceita, pois, e seja para ti mesmo rã.

— O que você quer dizer com isso?

— Experimenta em ti mesmo.

— Sim, que me suicide.

— Não digo nem que sim nem que não. Seria uma solução como outra, mas não a melhor.

— Então, buscar os dois e matá-los.

— Matar por matar é um desatino. No máximo para se livrar do ódio, que não faz senão corromper a alma. Porque mais de um rancoroso se curou do rancor e sentiu piedade, e até amor por sua vítima, depois que satisfez seu ódio nela. O ato mau libera do mau sentimento. E é porque a lei faz o pecado.

— E o que vou fazer?

— Terá ouvido que neste mundo não há senão devorar ou ser devorado...

— Sim, enganar os outros ou ser enganado.

— Não; cabe outro terceiro termo que é alguém se devorar a si mesmo, alguém se burlar a si mesmo. Te devora! O que devora goza, mas não se cansa de recordar a consumação de seus gozos e se faz pessimista; o que é devorado sofre, e não se cansa de esperar a liberação de suas dores e se faz otimista. Te devora a ti mesmo, e, como o prazer de te devorar se confundirá e neutralizará com a dor de ser devorado, você chegará à perfeita equanimidade do espírito, à ataraxia, você não será senão um mero espetáculo para ti mesmo.

— E é você, você, Víctor, você o que me vem com essas coisas?

— Sim, eu, Augusto, eu, sou eu!

— Pois em um tempo você não pensava dessa maneira tão... corrosiva.

— É que então eu não era pai.

— E o ser pai...?

— O ser pai, ao que não está louco ou é um mentecapto, desperta o mais terrível que há no homem: o sentido da responsabilidade! Eu entrego ao meu filho o legado perene da humanidade. Com meditar no mistério da paternidade há para se tornar louco. E se os demais pais não ficam loucos é porque são tontos... ou não são pais. Te regozija, pois, Augusto, que com isso dela ter escapado te evitou por acaso ser pai. E eu te disse para que se casasse, mas não que te fizesse pai. O casamento é um experimento... psicológico, a paternidade o é... patológico.

— É que me fez pai, Víctor!

— Como? O que te fez pai?

— Sim, de mim mesmo! Com isto creio ter nascido de verdade. E para sofrer e para morrer.

— Sim, o segundo nascimento, o verdadeiro, é nascer pela dor à consciência da morte incessante, de que estamos sempre morrendo. Mas se você se fez pai de si mesmo é que se fez filho de si mesmo também.

— Parece impossível, Víctor, parece impossível que passando pelo que me passa, depois do que fez comigo... ela!, possa ainda ouvir com calma estas sutilezas, estes jogos de conceitos, estas humoradas macabras, e até algo pior...

— O quê?

— Que me distraiam. Me irrito contra mim mesmo!

— É a comédia, Augusto, a comédia que representamos diante de nós mesmos, no que se chama foro interno, no tablado da consciência, sendo ao mesmo tempo comediantes e espectadores. E na cena da dor representamos a dor e nos parece uma desafinação quando de repente nos dá vontade de rir então. E é quanto mais ganas nos dá disso! Comédia, comédia da dor!

— E se a comédia da dor levar alguém a se suicidar?

— Comédia do suicídio!

— E se morrer de verdade?

— Comédia também!

— Então, o que é o real, o verdadeiro, o sentido?

— E quem te disse que a comédia não é real e verdadeira e sentida?

— Então?

— Que tudo é um e o mesmo; que tem que confundir, Augusto, tem que confundir. E o que não confunde se confunde.

— E o que confunde também.

— Talvez.

— Então?

— Pois é isto, falar, sutilizar, jogar com as palavras e os vocábulos... passar o tempo!

— Eles sim que vão estar passando!

— E você também! Você já se achou mais interessante a teus próprios olhos que agora? Como alguém sabe que tem um membro se este não lhe dói?

— Bom, e o que eu vou fazer agora?

— Fazer... fazer... fazer...! Ah! Você já está se sentindo personagem de drama ou de novela! Contentemo-nos em sê-lo de... *nivola!* Fazer... fazer... fazer...! Te parece que fazemos pouco com estar falando assim? É a mania da ação, isto é, da pantomima. Dizem que acontecem muitas coisas em um drama quando os atores podem fazer muitos gestos e dar grandes passos e fingir lutos e duelos e saltar e... pantomima! pantomima!

Falam demais!, dizem outras vezes. Como se o falar não fosse fazer. No princípio foi a Palavra e pela Palavra se fez tudo. Se agora, por exemplo, algum... *nivolista* oculto aí, atrás desse armário, tomasse nota taquigráfica do quanto estamos aqui dizendo e o reproduzisse, é fácil que digam os leitores que não acontece nada, e contudo...

— Oh, se pudessem me ver por dentro, Víctor, te asseguro que não diriam tal coisa!

— Por dentro? por dentro de quem? de você? de mim? Nós não temos um dentro. Não diriam que aqui não acontece nada se pudessem ver dentro de si mesmos, deles, dos que leem. A alma de um personagem de drama, de novela ou de *nivola* não tem mais interior que o que lhe dá...

— Sim, seu autor.

— Não, o leitor.

— Pois eu te asseguro, Víctor...

— Não me assegura nada e te devora! É o seguro.

— E me devoro, me devoro. Já comecei, Víctor, como uma sombra, como uma ficção; durante anos vaguei como um fantasma, como um boneco de névoa, sem acreditar em minha própria existência, imaginando ser um personagem fantástico que um gênio oculto inventou para se consolar ou se desafogar; mas agora, depois do que me fizeram, depois dessa fraude, dessa burla feroz, agora sim!, agora me sinto, agora me apalpo, agora não duvido de minha existência real!

— Comédia!, comédia!, comédia!

— Como?

— Sim, na comédia entra o que acredita no seu papel de rei!

— Mas o que você propõe com tudo isso?

— Te distrair. E além disso, que se, como te dizia, um *nivolista* oculto que nos esteja ouvindo toma nota de nossas palavras para reproduzi-las um dia, o leitor da *nivola* chegue a duvidar, fosse sequer por um fugitivo momento, de sua própria realidade de vulto e se creia por sua vez não mais que um personagem *nivolesco*, como nós.

— E isso, para quê?

— Para lhe redimir.

— Sim, já ouvi dizer que o mais libertador da arte é que faz alguém esquecer que exista. Há quem se afunde na leitura de novelas para distrair-se de si mesmo, para esquecer suas dores...

— Não, o mais libertador da arte é que faz alguém duvidar que exista.

— E o que é existir?

— Vê? Já te vai curando; já começa a te devorar. Essa pergunta é a prova. *Ser ou não ser!...*, disse Hamlet, um dos que inventaram Shakespeare.

— Pois a mim, Víctor, isso de ser ou não ser me pareceu sempre uma solene vacuidade.

— As frases, quanto mais profundas, são mais vazias. Não há profundidade maior que a de um poço sem fundo. O que te parece o mais verdadeiro de tudo?

— Bem... bem... o de Descartes: "Penso, logo existo."

— Não, senão isto: A = A.

— Mas isso não é nada!

— E por isso mesmo é o mais verdadeiro, porque não é nada. Mas, essa outra vacuidade de Descartes, você a crê tão incontestável?

— E tanto!...

— Pois bem, disse isso Descartes?

— Sim!

— E não era verdade. Porque como Descartes não foi mais que um ente fictício, uma invenção da História, logo não existiu... nem pensou!

— E quem disse isso?

— Isso ninguém disse; foi o dito que se disse.

— Então, o que era e pensava era o próprio pensamento?

— Claro! E, imagina, isso equivale a dizer que ser é pensar e o que não pensa não é.

— Está claro!

— Pois não pense, Augusto, não pense. E se você se empenha em pensar...

— O quê?

— Te devora!

— Isto é, que me suicide?

— Nisso já não quero me meter. Adeus!

E Víctor saiu, deixando Augusto perdido e confuso em suas cavilações.

CAPÍTULO XXXI

Aquela tempestade da alma de Augusto terminou, com uma terrível calma, na decisão de se suicidar. Queria acabar consigo mesmo, que era a fonte de suas próprias desditas. Mas antes de levar a cabo seu propósito, como o náufrago que desesperadamente se agarra a uma frágil tábua, lhe ocorreu de se consultar comigo, com o autor de todo este relato. Até então Augusto havia lido um ensaio meu em que, ainda que de passagem, falava do suicídio, e tal impressão pareceu lhe fazer, assim como outras coisas minhas que havia lido, que não quis deixar este mundo sem antes ter me conhecido e palestrado um pouco comigo. Empreendeu, pois, uma viagem até aqui, a Salamanca, onde vivo há mais de vinte anos, para me visitar.

Quando me anunciaram sua visita, sorri enigmaticamente e pedi que entrasse em meu escritório-biblioteca. Entrou nele como um fantasma, olhou um retrato meu a óleo que ali preside os livros de minha biblioteca, e a um sinal meu se sentou, à minha frente.

Começou me falando dos meus trabalhos literários e mais ou menos filosóficos, demonstrando conhecê-los bastante bem, o que não deixou, está claro!, de me deleitar, e em seguida começou a me contar sua vida e suas desditas. Interrompi-lhe dizendo que se poupasse daquele trabalho, porque das vicissitudes de sua vida eu sabia tanto como ele, e o demonstrei lhe citando os mais íntimos pormenores e os que acreditava mais secretos. Olhou-me com olhos de verdadeiro terror e como quem olha um ser incrível;

cri notar que se lhe alterava a cor e a aparência do semblante e que até tremia. Eu o tinha fascinado.

— Parece mentira! — repetia. — Parece mentira! Se eu não o visse, não acreditaria... Já não sei se estou desperto ou sonhando...

— Nem desperto nem sonhando — respondi.

— Não consigo explicar... não consigo explicar... — acrescentou —, mas posto que você parece saber sobre mim tanto como sei eu mesmo, talvez adivinhe meu propósito...

— Sim — lhe disse. — Você — e sublinhei este *você* com um tom autoritário —, você, abrumado por suas desgraças, concebeu a diabólica ideia de se suicidar, e antes de fazê-lo, movido por algo que leu em um dos meus últimos ensaios, veio me consultar.

O pobre homem tremia como que de frio e medo, me olhando como um possuído olharia. Tentou se levantar, talvez para fugir de mim; não podia. Não dispunha de suas forças.

— Não, não se mova! — ordenei.

— É que... é que... — balbuciou.

— É que você não pode se suicidar, ainda que queira.

— Como? — exclamou, ao ver-se de tal modo negado e contraditado.

— Sim. Para que alguém possa se matar a si mesmo, o que é preciso? — perguntei.

— Que tenha coragem para fazê-lo — me respondeu.

— Não — lhe disse —; que esteja vivo!

— Naturalmente!

— E você não está vivo!

— Como que não estou vivo?, será que morri? — e começou, sem dar clara conta do que fazia, a apalpar a si mesmo.

— Não, homem, não! — repliquei. — Te disse antes que você não estava nem desperto nem adormecido, e agora te digo que não está nem morto nem vivo.

— Acaba você de se explicar de uma vez, por Deus! Acaba de se explicar! — me suplicou consternado —, porque são tais as coisas que estou vendo e ouvindo esta tarde, que temo ficar louco.

— Pois bem: a verdade é, meu querido Augusto — lhe disse com a mais doce de minhas vozes —, que você não pode se matar porque não está vivo, e que não está vivo, nem tampouco morto, porque você não existe...

— Como que não existo? — exclamou.

— Não, não existe mais do que como um ente de ficção; você não é, pobre Augusto, mais que um produto de minha fantasia e das daqueles meus leitores que leiam o relato sobre suas fingidas venturas e desventuras que eu escrevi; você não é mais que um personagem de novela, ou de *nivola*, como queira chamá-la. Você já sabe, pois, teu segredo.

Ao ouvir isto, o pobre homem ficou me olhando um tempo com um desses olhares perfurantes que parecem atravessar o alvo e ir mais além, olhou por um breve momento meu retrato a óleo que preside meus livros, lhe voltou a cor e o alento, foi se recobrando, se fez dono de si, apoiou os cotovelos na minha cama de encosto, na qual estava largado em frente a mim e, a cara nas palmas das mãos e me olhando com um sorriso nos olhos, me disse lentamente:

— Olhe você bem, dom Miguel... pode ser que você esteja equivocado e que ocorra precisamente todo o contrário do que você crê e diz.

— E o que é o contrário? — lhe perguntei, alarmado por vê-lo recobrar vida própria.

— Pode ser, meu querido dom Miguel — acrescentou —, que seja você, e não eu, o ente de ficção, o que não existe na realidade, nem vivo, nem morto... Pode ser que você não deixe de ser um pretexto para que minha história chegue ao mundo...

— Só faltava essa! — exclamei meio incomodado.

— Não se exalte você assim, senhor de Unamuno — me replicou —, tenha calma. Você manifestou dúvidas sobre minha existência...

— Dúvidas, não — o interrompi —; certeza absoluta de que você não existe fora de minha produção novelesca.

— Bom, pois não se incomode tanto se eu por minha vez duvido da sua existência e não da minha própria. Vamos às contas: não foi você que disse não uma, mas sim várias vezes que Dom Quixote e Sancho Pança já são, se não tão, mas mais reais que Cervantes?

— Não posso negá-lo, mas meu sentido ao dizer isso era...

— Bom, deixemos desses sentires, e vamos a outra coisa. Quando um homem adormecido e inerte na cama sonha algo, o que é que existe mais: ele como consciência que sonha, ou seu sonho?

— E se sonha que existe ele mesmo, o sonhador? — repliquei por minha vez.

— Nesse caso, amigo dom Miguel, lhe pergunto, por minha vez: de que maneira existe ele, como sonhador que se sonha, ou como sonhado por si mesmo? E, preste atenção, além disso, que ao admitir esta discussão comigo me reconhece já existência independente de si.

— Não, isso não! isso não! — lhe disse vivamente. — Eu preciso discutir, sem discussão não vivo, e sem contradição e quando não há fora de mim quem me discuta ou contradiga, invento dentro de mim quem o faça. Meus monólogos são diálogos.

— E talvez os diálogos que você forje não sejam mais que monólogos...

— Pode ser. Mas te digo e repito que você não existe fora de mim...

— E eu volto a insinuar a você a ideia de que é você que não existe fora de mim e dos demais personagens aos quais você acredita ter inventado. Estou seguro de que seriam de minha opinião dom Avito Carrascal e o grande dom Fulgencio...

— Não mencione este...

— Bem, basta, não lhe censure você. E vamos ver: o que opina você sobre meu suicídio?

— Pois opino que, como você não existe a não ser em minha fantasia, te repito, e como não deve nem pode fazer senão o que a mim me dê a gana, e como não me dá a real gana de que você se suicide, você não vai se suicidar! Falei!

— Isso de não me dar a real gana, senhor Unamuno, é bem espanhol, mas é muito feio. E, além disso, ainda supondo sua peregrina teoria de que eu não existo de verdade e você sim, de que eu não sou mais que um ente de ficção, produto da fantasia novelesca ou *nivolesca* de você, ainda nesse caso eu não devo estar submetido ao que você chama de real gana, a seu capricho. Até os chamados entes de ficção têm sua lógica interna...

— Sim, conheço essa cantata.

— De fato; um novelista, um dramaturgo, não podem fazer em absoluto o que eles queiram de um personagem que criem; um ente de ficção novelesca não pode fazer, pela boa lei da arte, o que nenhum leitor esperaria que fizesse...

— Um ser novelesco talvez...

— Então?

— Mas um ser *nivolesco*...

— Deixemos essas bufonadas que me ofendem e me ferem no mais vivo. Eu, seja por mim mesmo, segundo creio, seja porque você me deu, segundo supõe você, tenho meu caráter, meu modo de ser, minha lógica interior, e essa lógica me pede que me suicide...

— Isso é o que você pensa, mas você se equivoca!

— Será? Por que me equivoco? em que me equivoco? Me mostre você onde está a minha equivocação. Como a ciência mais difícil que existe é a de alguém se conhecer a si mesmo, fácil é que esteja eu equivocado e que não seja o suicídio a solução mais lógica para minhas desventuras, mas me demonstre você. Porque se é difícil, amigo dom Miguel, esse conhecimento próprio de si mesmo, há outro conhecimento que me parece não menos difícil que o....

— E qual é? — lhe perguntei.

Olhou-me com enigmático e irônico sorriso, e lentamente me disse:

— Pois mais difícil ainda do que alguém se conhecer a si mesmo é que um novelista ou autor dramático conheça bem os personagens que finge ou crê fingir...

Começava eu a ficar inquieto com essas saídas de Augusto, e a perder minha paciência.

— E insisto — acrescentou —, em que ainda concedido que você me tenha dado o ser e um ser fictício, não pode você, assim como assim e porque sim, porque lhe dê a real gana, como disse, me impedir que me suicide.

— Bom, basta! basta! — exclamei, dando um murro na mesa de centro. — Cale-se! não quero mais ouvir impertinências!... E de uma criatura minha! E como já me tem farto e além disso já não sei o que fazer com você, decido agora mesmo não que você se suicide, senão te matar eu! Você vai morrer, pois, mas em breve! Muito em breve!

— Como? — exclamou Augusto sobressaltado —, você vai me deixar morrer, me fazer morrer, me matar?

— Sim, vou fazer com que você morra!

— Ah, isso nunca! nunca! nunca! — gritou.

— Ah! — lhe disse, olhando-o com lástima e raiva. — Então estava disposto a te matar e não quer que eu te mate? Então você ia tirar a própria vida e resiste a que a tire eu?

— Sim, não é o mesmo...

— De fato, ouvi contar casos análogos. Ouvi de um que saiu uma noite armado com um revólver e disposto a tirar a própria vida, apareceram uns ladrões para roubá-lo, o atacaram, se defendeu, matou um deles, fugiram os demais, e ao ver que havia comprado sua vida pela de outro renunciou a seu propósito.

— Se compreende — observou Augusto —; a coisa era tirar a vida de alguém, matar um homem, e já que matou outro, por que haveria de se matar? Muitos dos suicidas são homicidas frustrados; matam a si mesmos por falta de coragem para matar os outros...

— Ah, já te entendo, Augusto, te entendo! Você quer dizer que se tivesse coragem para matar Eugenia ou Mauricio, ou os dois, não pensaria em matar a ti mesmo, hein?

— Veja você, precisamente a esses... não!

— A quem, pois?

— Você! — e me olhou nos olhos.

— Como? — exclamei, me pondo de pé —, como? Mas te passou pela imaginação me matar? você? e a mim?

— Sente-se e tenha calma. Ou será que você acredita, amigo dom Miguel, que seria o primeiro caso em que um ente de ficção, como você me chama, tenha matado aquele que acreditou lhe dar uma existência... fictícia?

— Isso já é demais — dizia eu passeando por meu escritório. —, isso é a gota d'água! Isso não acontece, a não ser...

— A não ser nas *nivolas* — concluiu ele com sarcasmo.

— Bem, basta! basta! basta! Não se pode tolerar isso! Você veio aqui me pedir conselhos, a mim, e começa a discutir minha própria existência, depois o direito que tenho de fazer de você o que me dê a real gana, assim como soa, o que me dê a real gana, o que me saia de...

— Não seja você tão espanhol, dom Miguel.

— E mais isso, mentecapto! Pois sim, sou espanhol, espanhol de nascimento, de educação, de corpo, de espírito, de língua e até de profissão e ofício; espanhol sobretudo e antes de tudo, e o espanholismo é minha religião, e o céu em que quero acreditar é uma Espanha celestial e eterna, e meu Deus, um Deus espanhol, o de Nosso Senhor Dom Quixote, um Deus que pensa em espanhol e em espanhol disse: "Faça-se a luz!", e seu verbo foi verbo espanhol...

— Bem, e daí? — me interrompeu, trazendo-me à realidade.

— E você logo insinuou a ideia de me matar. Me matar! a mim? você? Morrer eu pelas mãos de uma de minhas criaturas! Não tolero mais. E para castigar tua ousadia e essas doutrinas dissolventes, extravagantes, anárquicas, com que você veio, resolvo e sentencio que você morra. Quando chegar em sua casa, você morrerá! Morrerá, te digo, morrerá!

— Mas, por Deus!... — exclamou Augusto, já suplicante, e de medo trêmulo e pálido.

— Não há Deus que te salve! Morrerá!

— É que eu quero viver, dom Miguel, quero viver, quero viver...

— Não pensava em se matar?

— Oh, mas se é por isso, eu lhe juro, senhor de Unamuno, que não me matarei, que não me tirarei esta vida que Deus ou você me deram; juro... Agora que você quer me matar, eu quero viver, viver, viver...

— Que vida! — exclamei.

— Sim, a que for. Quero viver, ainda que volte a ser enganado, ainda que outra Eugenia e outro Mauricio me dilacerem o coração. Quero viver, viver, viver...

— Já não pode ser... não pode ser...

— Quero viver, viver... e ser eu, eu, eu...

— Mas se você não é senão o que eu queira...

— Quero ser eu, ser eu! Quero viver! — e lhe chorava a voz.

— Mas não pode ser... não pode ser...

— Olha você, dom Miguel, pelos seus filhos, por sua mulher, pelo que mais queira... Olha que você não será você... que morrerá...

Caiu a meus pés de joelhos, suplicante e exclamando:

— Dom Miguel, por Deus, quero viver, quero ser eu!

— Não pode ser, pobre Augusto — lhe disse pegando uma das mãos e levantando-o —, não pode ser! Já escrevi e é irrevogável; você não pode viver mais. Não sei mais o que fazer de você. Deus, quando não sabe o que fazer de nós, nos mata. E eu não me esqueço que passou pela tua mente a ideia de me matar...

— Mas, se eu, dom Miguel...

— Não importa; sei o que me digo. E temo que, com efeito, se não te mato logo você acabe por me matar...

— Mas ficamos em que...?

— Não pode ser, Augusto, não pode ser. Sua hora chegou. Já está escrito e não posso voltar atrás. Você morrerá. Para que te valerá já a vida...

— Porém... por Deus...

— Não tem porém nem Deus que valham. Vai!

— Então não, hein? — me disse. — Então não? Você não quer me deixar ser eu, sair da névoa, viver, viver, viver, me ver, me ouvir, me tocar, me sentir, me doer, me ser: então não quer? Então hei de morrer ente de ficção? Pois bem, meu senhor criador dom Miguel, você também morrerá, você também, e voltará ao nada de que saiu... Deus deixará de te sonhar! Você morrerá, sim, morrerá ainda que não queira; morrerá você e morrerão todos os que leiam a minha história, todos, todos, todos sem sobrar um.

Entes de ficção como eu; o mesmo que eu! Morrerão todos, todos, todos! Digo a vocês, eu, Augusto Pérez, ente fictício como vocês, *nivolesco* igual a vocês. Porque você, meu criador, meu dom Miguel, você não é mais que um ente *nivolesco*, e entes *nivolescos* seus leitores, o mesmo que eu, que Augusto Pérez, que sua vítima...

— Vítima? — exclamei.

— Vítima, sim! Me criar para depois me deixar morrer! Você também morrerá! O que cria se cria e o que cria morre. Morrerá você, dom Miguel, morrerá você, e morrerão todos os que me pensem! A morrer, pois!

Este supremo esforço de paixão de vida, de ânsia de imortalidade, deixou extenuado o pobre Augusto.

E lhe empurrei para a porta, pela qual saiu cabisbaixo. Logo se examinou como se duvidasse de sua própria existência. Eu enxuguei uma lágrima furtiva.

CAPÍTULO XXXII

Naquela mesma noite partiu Augusto desta cidade de Salamanca onde veio me ver. Foi-se com a sentença de morte sobre o coração e convencido de que não lhe seria já exequível, ainda que tentasse, se suicidar. O pobrezinho, recordando minha sentença, procurava alongar o mais que possível sua volta para casa, mas uma misteriosa atração, um impulso íntimo lhe arrastava para lá. Sua viagem foi lamentável. Ia no trem contando os minutos, mas os contando de quatro em quatro: um, dois, três, quatro... Todas suas desventuras, todo o triste sonho de seus amores com Eugenia e com Rosario, toda a história tragicômica de seu frustrado casamento tinham se apagado de sua memória ou tinham, antes, fundido em uma névoa. Não sentia o contato do assento sobre o qual descansava, nem o peso de seu próprio corpo. "Será verdade que não existo realmente?", se dizia, "terá razão este homem ao dizer que não sou mais que um produto de sua fantasia, um puro ente de ficção?"

Tristíssima, doloridíssima tinha sido sua vida ultimamente, mas lhe era muito mais triste, lhe era muito mais doloroso pensar que tudo isso não houvesse sido senão sonho, e não sonho dele, e sim sonho meu. O nada lhe parecia mais pavoroso que a dor. Alguém sonhar que vive... isso passa, mas que outro lhe sonhe...!

"E por que não hei de existir eu?", se dizia, "por quê? Suponhamos que seja verdade que esse homem me fingiu, me sonhou, me produziu em sua imaginação; mas, não vivo já na de outros, na daqueles que leiam o relato de minha vida? E se vivo assim na fantasia de vários, não é acaso real o que é de vários e não de um só? E por que surgindo das páginas do livro em que se deposite o relato de minha fictícia vida, ou de preferência das mentes daqueles que a leiam — de vocês, os que agora a leem —, por que não hei de existir como uma alma eterna e eternamente dolorosa? Por quê?"

O pobre não podia descansar. Passava por sua visão os páramos castelhanos, já as azinheiras, já os pinhais; contemplava o cume nevado das serras, e olhando para trás, por trás de sua cabeça, envoltas em bruma as figuras dos companheiros e companheiras de sua vida, sentia-se arrastado para a morte.

Chegou a sua casa, chamou, e Liduvina, que saiu para lhe abrir, empalideceu ao vê-lo.

— Que é isso, Liduvina, com o que se assusta?

— Jesus! Jesus! O senhorzinho parece mais morto que vivo... Traz cara de ser de outro mundo...

— Do outro mundo venho, Liduvina, e ao outro mundo vou. E não estou morto nem vivo.

— Mas será que você ficou louco? Domingo! Domingo!

— Não chama teu marido, Liduvina. E não estou louco, não! Nem estou, te repito, morto, ainda que morrerei bem breve, nem tampouco vivo.

— Mas que diz você?

— Que não existo, Liduvina, que não existo; que sou um ente de ficção, como um personagem de novela...

— Ah, coisas de livros! Tome algo fortificante, se deite, se agasalhe e não faça caso dessas fantasias...

— Mas você acredita, Liduvina, que eu existo?

— Vamos, vamos! Deixe de enredos, senhorzinho; jantar e cama! E amanhã será outro dia!

"Penso, logo existo", se dizia Augusto, acrescentando: "Tudo o que pensa é, e tudo o que é pensa. Sim, tudo o que é pensa. Sou, logo penso."

À primeira vista não sentia ganas nenhumas de jantar, e não mais que por hábito e para aceder aos rogos de seus fiéis serventes, pediu que lhe servissem um par de ovos cozidos e nada mais, uma coisa ligeirinha. Mas, à medida que ia comendo, lhe abria um estranho apetite, uma raiva de comer mais e mais. E pediu outros dois ovos, e depois uma bisteca.

— Assim, assim — dizia Liduvina. — Coma, isso deve ser fraqueza e mais nada. Quem não come morre.

— E quem come também, Liduvina — observou tristemente Augusto.

— Sim, mas não de fome.

— E que diferença faz morrer de fome ou de outra doença qualquer? E logo pensou: "Mas, não! não! eu não posso morrer; só morre quem está vivo, quem existe, e eu, como não existo, não posso morrer... sou imortal! Não há imortalidade como a daquele que, como eu, não nasceu e não existe. Um ente de ficção é uma ideia, e uma ideia é sempre imortal...".

— Sou imortal! sou imortal! — exclamou Augusto.

— Que disse você? — acudiu Liduvina.

— Que me traga agora... que sei eu!... presunto cozido no vinho doce, canela e açúcar, uns grãos de pimenta, *foie gras*, o que tiver... Sinto um apetite voraz!

— Assim me dá gosto ver você, senhorzinho! Coma, coma, que aquele que tem apetite está são, e quem está são vive!

— Mas, Liduvina, eu não vivo!

— Mas o que diz?

— Claro, eu não vivo. Os imortais não vivemos, e eu não vivo, sobrevivo! eu sou ideia! sou ideia!

Começou a devorar o presunto. “Mas se como”, se dizia, “como é que não vivo? Como, logo existo! Não cabe dúvida alguma! *Edo, ergo sum!* A que se deverá este apetite voraz?” E então se lembrou de ter lido várias vezes que os condenados à morte, nas horas em que esperam a execução, se dedicam a comer. “É coisa”, pensava, “de que nunca pude me dar conta!... Aquilo que nos conta Renan em sua *Abadessa de Jouarre* se compreende... Se compreende que um casal de condenados à morte, antes de morrer, sinta o instinto de sobreviver se reproduzindo; mas... comer!... Ainda que sim, sim, é o corpo que se defende. A alma, ao se inteirar que vai morrer, se entristece ou se exalta, mas o corpo, se é um corpo são, entra em um apetite furioso. Porque o corpo também se inteira. Sim, é meu corpo, meu corpo o que se defende. Como vorazmente, logo vou morrer!”

— Liduvina, me traz queijos e massas... e fruta...

— Isto já me parece excessivo, senhorzinho; é demais. Vai lhe fazer mal!

— Mas você não dizia que aquele que come vive?

— Sim, mas não assim, como você está comendo agora... E já sabe meu senhorzinho aquilo de “mais matou a ceia plena do que curou Avicena”.

— A mim não pode me matar a ceia.

— Por quê?

— Porque não vivo, não existo, já te disse.

Liduvina foi chamar seu marido, a quem disse:

— Domingo, me parece que o senhorzinho ficou louco... Diz umas coisas esquisitas... coisas de livros...: que não existe... que sei eu...

— Mas o que é isso, senhorzinho? — lhe disse Domingo entrando —, o que houve?

— Ai, Domingo — respondeu Augusto, com voz de fantasma —, não posso remediar; sinto um terror louco de me deitar!...

— Pois não se deite.

— Não, não, é preciso; não consigo me levantar.

— Eu acho que o senhorzinho deve fazer a digestão. Comeu demais.

Augusto tentou ficar de pé.

— Você vê, Domingo, você vê? Não consigo ficar de pé.

— Claro, de tanto embutir no estômago...

— Pelo contrário, com lastro melhor se fica de pé. É que eu não existo. Olha, agora pouco, ao comer, me parecia como se tudo isso fosse caindo desde a boca em um tonel sem fundo. Quem come vive, Liduvina tem razão, mas quem come como eu comi nesta noite, por desesperação, é que não existe. Eu não existo...

— Vamos, vamos, deixe de bobadas! Tome seu café e seu licor, para empurrar tudo isso e assentar, e vamos dar um passeio. Eu o acompanharei.

— Não, não posso ficar de pé, não vê?

— É verdade.

— Vem para que eu apoie em você. Quero que esta noite você durma em meu quarto, em um colchão que poremos para você, que me vele...

— Melhor será, senhorzinho, que eu não me deite, que eu fique ali, na cadeira de braços...

— Não, não, quero que deite e durma; quero te sentir dormir, te ouvir roncar, melhor...

— Como você quiser...

— E agora, olha, me traz umas folhas de papel. Vou escrever um telegrama, que você enviará a seu destino assim que eu morrer...

— Mas, senhorzinho!...

— Faz o que te digo!

Domingo obedeceu, lhe trouxe o papel e o tinteiro, e Augusto escreveu:

"Salamanca.

"Unamuno.

"Foi feita a tua vontade. Morri.

"Augusto Pérez."

— Assim que eu morrer, envia, hein?

— Como você quiser — respondeu o criado para não discutir mais com o amo.

Foram os dois para o quarto. O pobre Augusto tremia de tal modo ao se despir que não conseguia pegar nas roupas para tirá-las.

— Me tira a roupa! — disse a Domingo.

— Mas o que está acontecendo com você, senhorzinho? Parece que viu o diabo! Você está branco e frio como a neve. Quer que chame o médico?

— Não, não, é inútil.

— Vamos esquentar sua cama...

— Para quê? Basta! E me deixa todo nu, todo; me deixa como minha mãe me pariu, como nasci... se é que nasci!

— Não diz essas coisas, senhorzinho!

— Agora me joga, me joga você mesmo na cama, que não posso me mover!

O pobre Domingo, aterrado por sua vez, deitou seu pobre amo.

— E agora, Domingo, vai me dizendo no ouvido, devagarinho, o padre-nosso, a ave-maria e o salve-rainha. Assim... assim... pouco a pouco... pouco a pouco... — E depois que os repetiu mentalmente: — Agora, olha, pega a minha mão direita, levanta, parece que não é minha, como se a tivesse perdido... e me ajuda a me benzer... assim... assim... Este braço parece que está morto... Vê se eu tenho pulso... Agora me deixa, deixa-me para ver se durmo um pouco... mas me cubra, me cubra bem...

— Sim, é melhor que durma — lhe disse Domingo, enquanto lhe cobria o rosto com as mantas —; isso vai passar dormindo...

— Sim, dormindo, passará... Mas, diz, será que não fiz nada mais que dormir? mais que sonhar? Tudo isso terá sido mais que uma névoa?

— Bem, bem, deixe dessas coisas. Tudo isso não são senão coisas de livros, como diz minha Liduvina.

— Coisas de livros... coisas de livros... E o que não é coisa de livro, Domingo? Será que antes de haver livros, de uma ou de outra forma, antes de haver relatos, de haver palavra, de haver pensamento, havia algo? E será que depois que acabar o pensamento ficará algo? Coisas de livros! E quem não é coisa de livros? Conhece dom Miguel de Unamuno, Domingo?

— Sim, li alguma coisa sobre ele nos jornais. Dizem que é um senhor um pouco estranho, que se dedica a dizer verdades que não vêm ao caso...

— Mas você o conhece?

— Eu? Para quê?

— Pois também Unamuno é coisa de livros... Todos somos... E ele morrerá, sim, morrerá, morrerá também, ainda que não queira... morrerá! E essa será minha vingança. Não quer me deixar viver? Pois morrerá, morrerá, morrerá!

— Bom, deixa em paz esse senhor, que morra quando Deus quiser, e você dorme!

— Dormir... dormir... sonhar...

"Morrer... dormir... dormir... sonhar talvez!

"Penso, logo existo; sou, logo penso... Não existo, não!, não existo!... minha mãe!... Eugenia... Rosario... Unamuno..." — e se quedou dormindo.

Instantes depois se incorporou na cama, lívido, ofegante, com os olhos todo negros e despavoridos, olhando para além das trevas, e gritando: "Eugenia, Eugenia!". Domingo lhe acudiu. Deixou cair a cabeça sobre o peito e se quedou morto.

Quando o médico chegou imaginou um momento que ainda vivia, falou em lhe sangrar, de lhe pôr sinapismos, mas logo pôde se convencer da triste verdade.

— Foi coisa do coração... um ataque de assistolia — disse o médico.

— Não, senhor — contestou Domingo —, foi uma indigestão. Comeu horrivelmente, como não costumava, de uma maneira desusada nele, como se quisesse...

— Sim, se desforrar do que não comeria depois, não é isso? Talvez o coração pressentiu sua morte.

— Pois eu — disse Liduvina — acho que foi da cabeça. É verdade que comeu de um modo disparatado, mas sem se dar conta do que fazia e dizendo disparates...

— Que disparates? — perguntou o médico.

— Que ele não existia e outras coisas assim...

— Disparates? — acrescentou o médico, entre dentes e como que falando consigo mesmo. — Quem sabe se são ou não disparates? Quem sabe se existia ou não, ainda mais ele mesmo...? Uma pessoa é quem sabe menos de sua existência... Não se existe senão para os demais...

E em voz alta agregou:

— O coração, o estômago e a cabeça são os três uma só e mesma coisa.

— Sim, fazem parte do corpo — disse Domingo.

— E o corpo é uma só e mesma coisa.

— Sem dúvida!

— Porém por mais que você acredite...

— E você sabe, doutor, quanto eu acredito?

— Também é certo, e vejo que você não é obtuso.

— Não me tenho por tal, senhor médico, e não compreendo essas pessoas que a qualquer pessoa em que tropeçam parecem julgar maluca enquanto não provem o contrário.

— Bem, pois, como ia dizendo — prosseguiu o médico —, o estômago produz os sucos que fazem o sangue, o coração rega com eles a cabeça e o estômago para que funcione, e a cabeça rege os movimentos do estômago e do coração. E, portanto, este senhor dom Augusto morreu das três coisas, de todo o corpo, em síntese.

— Pois eu acho — interveio Liduvina — que o meu senhorzinho meteu na cabeça morrer, e, claro!, quem se empenha em morrer, no fim morre.

— É claro! — disse o médico. — Se alguém não crê que irá morrer, nem que se encontre na agonia, talvez não morra. Mas assim que lhe entre a menor dúvida de que não pode menos que morrer, está perdido.

— O do meu senhorzinho foi um suicídio e nada mais que um suicídio. Se pôs a comer como comeu, vindo como vinha, é um suicídio e nada mais que um suicídio. Fez o que quis!

— Desgostos, talvez...

— E dos grandes, muito grandes! Mulheres!

— Sim, sim. Mas, enfim, a coisa já não tem outro remédio que preparar o enterro.

Domingo chorava.

CAPÍTULO XXXIII

Quando recebi o telegrama comunicando a morte do pobre Augusto, e soube logo de todas as circunstâncias dela, fiquei pensando se fiz ou não bem em lhe dizer o que disse naquela tarde em que veio me visitar e consultar comigo seu propósito de se suicidar. E até me arrependi de tê-lo matado. Cheguei a pensar que ele tinha razão e devia ter lhe deixado fazer o que pretendia, se suicidando. E me ocorreu se o ressuscitaria.

"Sim", me disse, "vou ressuscitá-lo e permitir que faça o que tanto deseja, que se suicide, se é este seu capricho." E com essa ideia de ressuscitá-lo acabei dormindo.

Pouco tempo depois de ter dormido me apareceu Augusto em sonhos. Estava branco, com a brancura de uma nuvem, e seus contornos iluminados, como que por um sol poente. Olhou-me fixamente e me disse:

— Aqui estou eu outra vez!

— E a que vem? — lhe disse.

— Me despedir de você, dom Miguel, me despedir até a eternidade e lhe mandar, assim, lhe mandar, e não lhe rogar, lhe mandar que você escreva a *nivola* de minhas aventuras...

— Já está escrita!

— Eu sei, tudo está escrito. E venho também lhe dizer que isso que você pensou de me ressuscitar para que depois tire a mim mesmo a vida é um disparate, mais ainda, é uma impossibilidade...

— Impossibilidade? — lhe disse eu; com certeza, tudo isso em sonhos.

— Sim, uma impossibilidade! Aquela tarde em que nos vimos e falamos em seu escritório, recorda?, estando você desperto e não como agora, dormindo e sonhando, eu disse a você que nós, os entes de ficção, segundo você, temos nossa lógica e que não serve que quem nos finge pretenda fazer de nós o que lhe dê a gana, recorda?

— Claro que recordo.

— E agora é certo que, ainda que tão espanhol, você não terá real gana de nada, verdade, dom Miguel?

— Não, não sinto gana de nada.

— Não, quem dorme e sonha não tem reais ganas de nada. E você e seus compatriotas dormem e sonham, e sonham que têm ganas, mas não as têm de verdade.

— Dê graças por eu estar dormindo — lhe disse —, porque se não...

— É igual. E a respeito disso de me ressuscitar, tenho que lhe dizer que não é possível, que não pode ainda que queira ou ainda que sonhe que queira...

— Mas, homem!

— Sim, a um ente de ficção, como a alguém de carne e osso, e não de ficção de carne e de ficção de osso, pode alguém engendrá-lo e pode matá-lo; mas uma vez que o matou não pode, não!, não pode ressuscitá-lo. Fazer um homem mortal e carnal, de carne e osso, que respire ar, é coisa fácil, bem fácil, demasiado fácil por desgraça... matar um homem mortal e carnal, de carne e osso, que respire ar, é coisa fácil, bem fácil, demasiado fácil por desgraça... mas ressuscitá-lo? Ressuscitá-lo é impossível!

— De fato! — lhe disse —, é impossível!

— Pois o mesmo — me contestou —, exatamente o mesmo acontece com isso que você chama de entes de ficção; é fácil nos dar existência, talvez demasiado fácil, e é fácil, facílimo, nos matar, acaso demasiadamente demasiado fácil, mas nos ressuscitar?, não há quem haja ressuscitado de verdade um ente de ficção que tivesse morrido de verdade. Você acha possível ressuscitar Dom Quixote?

— Impossível! — contestei.

— Pois no mesmo caso estamos todos os demais entes de ficção?

— E se volto a te sonhar?

— Não se sonha duas vezes o mesmo sonho. Esse que você volte a sonhar e creia ser eu será outro. E agora, agora que você está dormindo e sonhando, e que você reconhece que está, e que eu sou um sonho e reconheço ser sonho, agora volto a dizer a você o que tanto lhe excitou quando da outra vez eu disse: veja você, meu querido dom Miguel, pode ser que seja você o ente de ficção, o que não existe em realidade, nem vivo nem morto... pode ser que você não passe de um pretexto para que minha história, e outras histórias como a minha, corram o mundo. E que, logo, quando você morrer de todo, nós levemos sua alma. Não, não, não se altere, que ainda que dormindo e sonhando, ainda vive. E agora, adeus!

E se dissipou na névoa negra.

Eu sonhei depois que morria, e, no momento mesmo que sonhava dar o último respiro, despertei com certa opressão no peito.

E aqui está a história de Augusto Pérez.

ORAÇÃO FÚNEBRE EM FORMA DE EPÍLOGO

Costuma ser previsível no final das novelas e logo que morre ou se casa o herói ou protagonista dar notícias da sorte que tiveram os demais personagens. Não vamos segui-lo aqui nem dar, por conseguinte, notícia alguma do que aconteceu a Eugenia e Mauricio, a Rosario, a Liduvina e Domingo, a dom Fermín e dona Ermelinda, a Víctor e sua mulher e a todos os demais que em torno de Augusto nos foram apresentados, nem vamos sequer dizer o que da singular morte deste pensaram ou sentiram. Só abriremos uma exceção, e é em favor de quem mais profunda e sinceramente sentiu a morte de Augusto, que foi seu cachorro, Orfeu.

Orfeu, de fato, se encontrou órfão. Quando saltando na cama cheirou seu morto amo, cheirou a morte de seu amo, envolveu seu espírito canino uma densa nuvem negra. Tinha experiência de outras mortes, havia cheirado e visto cachorros e gatos mortos, tinha matado alguma ratazana, tinha cheirado mortes de homens, mas a seu amo o pensava imortal. Porque seu amo era para ele como um deus. E ao senti-lo agora morto sentiu que desmoronavam em seu espírito todos os fundamentos de sua fé na vida e no mundo, e uma imensa desolação encheu seu peito.

E encolhido aos pés de seu amo morto pensou assim:

"Meu pobre amo! meu pobre amo! Morreu, me morreu! Morre tudo, tudo, tudo; tudo se me morre! E é pior que morra tudo do que eu morra para tudo! Meu pobre amo! Meu pobre amo! Isto que aqui jaz, branco, frio, com o cheiro próximo da podridão, de carne a ser comida, isto já não é meu amo. Não, não é. Para onde se foi meu amo? Para onde o que me acariciava, o que falava comigo?

"Que estranho animal é o homem! Nunca está no que tem à sua frente. Nos acaricia sem que saibamos por que e não quando o acariciamos mais, e quanto mais a ele nos rendemos, nos rechaça ou nos castiga. Não há jeito de saber o que quer, se é que ele mesmo sabe. Sempre parece estar em outra coisa que não a que está, e nem olha o que olha. É como se houvesse outro mundo para ele. E é claro, se há outro mundo, não há este.

"E logo fala, ou ladra de um modo complicado. Nós uivávamos, e para imitá-lo aprendemos a latir, e nem mesmo assim nos entendemos com ele. Só o entendemos de verdade quando ele também uiva. Quando o homem uiva ou grita ou ameaça os outros animais o entendemos muito bem. Como que então não está distraído em outro mundo!... Mas late à sua maneira, fala, e isso lhe serviu para inventar o que não existe e não se fixar no que existe. Enquanto põe um nome em alguma coisa, já não vê essa coisa; não faz senão ouvir o nome que lhe pôs, ou vê-lo escrito. A língua lhe serve para mentir, inventar o que não há e se confundir. E tudo é nele pretextos para falar com os demais ou consigo mesmo. E até aos cachorros nos contagiou!

"É um animal doente, não resta dúvida! Sempre está doente! Só parece gozar de alguma saúde quando dorme, e não sempre, porque às vezes até dormindo fala! E isto também nos contagiou. Nos contagiaram tantas coisas!

"E logo nos insulta! Chama cinismo, isto é, cachorrismo ou cachorrada, a impudência ou sem-vergonhice, ele, o animal hipócrita por excelência. Com o que a hipocrisia deveria se chamar antropismo, se é que a impudência se chama cinismo. E quis nos fazer hipócritas, isto é, comediantes, farsantes, a nós, aos cachorros! Aos cachorros que não fomos sujeitados e domesticados pelo homem como o touro e o cavalo, à força, senão que nos unimos a ele livremente, em pacto bilateral, para explorar a casa. Nós descobríamos a presa, ele a caçava e nos dava nossa parte. E assim, em contrato social, nasceu nosso consórcio.

"E nos pagou prostituindo-nos e insultando-nos. E querendo nos fazer farsantes, macacos ou cachorros sábios! Chamam cachorros sábios a uns cachorros aos quais lhes ensinam a representar farsas, para as quais os vestem e os adestram a andar indecorosamente sobre as patas traseiras, de pé! Cachorros sábios! A isso os homens chamam de sabedoria, representar farsas e andar sobre dois pés!

"E, é claro, o cachorro que se põe em dois pés vai mostrando impudica, cinicamente suas vergonhas, de cara! Assim fez o homem ao se pôr de pé, ao se converter em um mamífero vertical, e sentiu no ato vergonha e a necessidade moral de tapar as vergonhas que mostrava. E por isso diz sua Bíblia, segundo lhes ouvi, que o primeiro homem, isto é, o primeiro deles que se pôs a andar em dois pés, sentiu vergonha de se apresentar nu diante do seu Deus. E para isso inventaram a roupa, para cobrir o sexo. Mas, como começaram a vestir o mesmo eles e elas, não se distinguiam entre si, não conheciam sempre e bem o sexo, e daqui mil atrocidades... humanas, que eles insistem em chamar de caninas ou cínicas. Eles, os homens, foram os que perverteram os cachorros, os que nos fizeram caninos, cínicos, que é nossa hipocrisia. Porque o cinismo no cachorro é hipocrisia, assim como no homem a hipocrisia é cinismo. Nos contagiamos uns aos outros.

"Se vestiu o homem, primeiro, com o mesmo traje eles e elas: mas como se confundiam tiveram que inventar a diferença de trajes e levar o sexo à roupa. Essas calças não são senão uma consequência do homem se ter posto de pé.

"Que estranho animal é o homem! Não está nunca onde deve estar, que é onde está, e fala para mentir e se veste!

"Pobre amo! Daqui a pouco o enterrarão em lugar que para isso têm destinado. Os homens guardam ou armazenam seus mortos, sem deixar que cachorros ou corvos os devorem! E que acabe sobrando a única coisa que todo animal, começando pelo homem, deixa no mundo: uns ossos. Armazenam seus mortos! Um animal que fala, que se veste e que armazena seus mortos! Pobre homem!

"Meu pobre amo! Meu pobre amo! Foi um homem, sim, não foi nada mais que um homem, foi só um homem! Mas foi meu amo! E quanto, sem ele crer nem pensar, me devia!... Quanto! Quanto lhe ensinei com meus silêncios, com minhas lambidas, enquanto ele me falava, me falava, me falava! 'Você me entende?', me dizia. E, sim, eu o entendia, o entendia enquanto ele me falava se falando, e falava, falava, falava. Ele, ao me falar assim se falando, falava ao cachorro que havia nele. Eu mantive desperto seu cinismo.

"Vida de cão, a que levou, muito canina! E uma grandissíssima cachorrada, ou melhor, grandíssima homada o que lhe fizeram esses dois! Homada a que Mauricio lhe fez!; mulherada a que lhe fez Eugenia! Meu pobre amo!

"E agora aqui, frio e branco, imóvel, vestido, sim, mas sem fala nem por fora, nem por dentro. Já nada tem a dizer a seu Orfeu. Tampouco nada tem a te dizer Orfeu com seu silêncio.

"Meu pobre amo! Que será agora dele? Onde estará aquilo que nele falava e sonhava? Talvez lá em cima, no mundo puro, no alto planalto da terra, na terra pura toda ela de cores puras, como a viu Platão, ao que os homens chamam divino; naquela sobreface terrestre de onde caem as pedras preciosas, onde estão os homens puros e purificados bebendo ar e respirando éter. Lá estão também os cachorros puros, os de São Humberto, o caçador, o de Santo Domingo de Guzmán, com sua tocha na boca, o de São Roque, de quem dizia um pregador apontando para sua imagem: 'Lá está São Roque, com seu cachorrinho e tudo!'. Lá no mundo puro platônico, no das ideias encarnadas, está o cachorro puro, o cachorro deveras cínico. E lá está meu amo!

"Sinto que meu espírito se purifica ao contato desta morte, desta purificação de meu amo, e que aspira até a névoa em que ele enfim se desfez, a névoa da qual brotou e à qual reverteu." Orfeu sente vir a névoa tenebrosa... E vai até seu amo saltando e agitando o rabo. "Meu amo, meu pobre amo! Pobre homem!"

Domingo e Liduvina recolheram logo o pobre cachorro morto aos pés de seu amo, depurado como este e como ele envolto na névoa tenebrosa. E o pobre Domingo, ao ver aquilo, se enterneceu e chorou, não se sabe bem se pela morte de seu amo ou pela do cachorro, ainda que o mais crível é que chorou ao ver aquele maravilhoso exemplo de lealdade e fidelidade. E disse:

— E ainda dirão que amor não mata!

ESTE LIVRO FOI COMPOSTO EM GATINEAU CORPO 10,5
POR 15 E IMPRESSO SOBRE PAPEL OFF-SET 75 g/m²
NAS OFICINAS DA ASSAHI GRÁFICA, SÃO BERNARDO DO
CAMPO - SP, EM AGOSTO DE 2012